LE CAVALIER
DE BAGDAD

ODILE WEULERSSE

LE CAVALIER DE BAGDAD

Illustrations :
Yves Beaujard

À Pascale

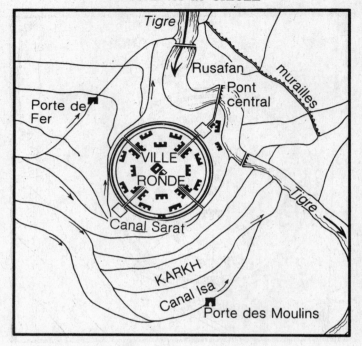

En 789 après Jésus-Christ, le calife Haroun al-Rachid, successeur du prophète Mahomet, est le chef de la communauté des musulmans. Il demeure en Irak, à Bagdad, capitale choisie par la dynastie des Abbassides, dont il est le cinquième calife. Ses territoires sont immenses et s'étendent de l'Afrique du Nord jusqu'aux frontières de l'Inde. Sa puissance et ses richesses sont considérables. Aussi, dans l'ombre, s'agitent ceux qui veulent usurper son pouvoir.

VILLE RONDE

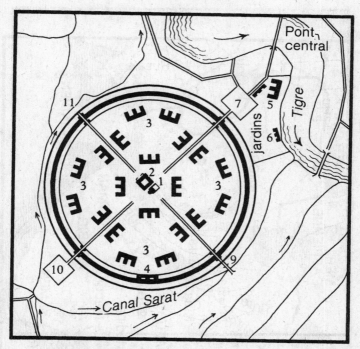

1. Mosquée d'al Mansour
2. Palais de la porte d'or
3. Maisons des fonctionnaires
4. Prison
5. Palais de l'éternité
6. Palais de l'Étang
7. Esplanade de la porte du Khorassan
8. Porte du Khorassan
9. Porte de Basra
10. Porte de Kufa
11. Porte de Damas

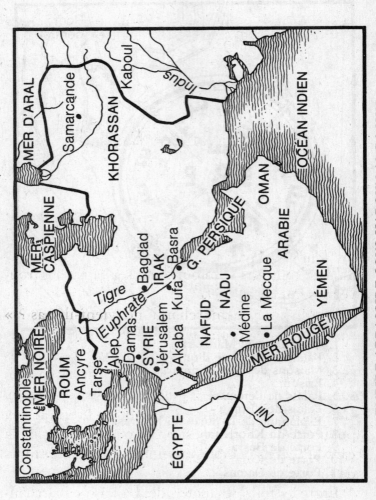

EMPIRE ABBASSIDE SOUS HAROUN AL-RACHID

1

La caravane de Bagdad

Tahir se tourne et se retourne sur son tapis sans trouver le sommeil.

« Pourquoi le marchand ne vient-il pas ? » s'exclame-t-il, au comble de l'énervement.

D'un mouvement rageur, il bondit sur ses pieds avec l'énergie de ses quinze ans, jette sur ses épaules son manteau de laine et ouvre la porte de sa tente. L'air est vif et mordant en ce début d'hiver ; le ciel pullule d'étoiles. Tout est prêt pour le départ de la caravane, considérable, rassemblée derrière les murs de La Mecque.

Entre les toits des tentes, des ballots de marchandises s'élèvent comme des murailles. Ici et là, les feux allumés pour le repas du soir jettent encore quelques lueurs auprès des hommes endormis. À l'horizon, les roches dénudées des collines font des taches claires et sombres sous la clarté de la lune. Mais Tahir a beau examiner attentivement tout ce qui l'entoure, il ne voit rien bouger.

Son énervement fait place à la panique : si le marchand ne lui apportait pas, avant l'aube, le cadeau pour le calife ! À cette perspective, le monde noircit devant ses yeux. Car, sans cadeau à emporter à Bagdad, pas de départ avec la caravane. Et tout ce dont Tahir a si longtemps rêvé, la traversée du désert d'Arabie, les chevauchées le long du Tigre, la découverte de Bagdad, la ville aux palais innombrables, aux jardins enchanteurs, Bagdad, la prestigieuse capitale du prestigieux calife Haroun al-Rachid, tout cela s'envolerait en fumée. De colère, il donne un violent coup de pied dans une pierre.

Le projectile atteint une silhouette endormie à même le sol dans un vieux manteau rapiécé. Réveillé par le choc, un garçon, de l'âge de Tahir, dégage son visage du drap de laine qui le recouvre. Il a de grands yeux doux, des traits d'une rare beauté et les cheveux longs des poètes. Secouant ses boucles dorées, il gémit à moitié endormi :

« Tu es fou de te promener tête nue et de jeter des pierres sur ceux qui dorment.

— J'attends quelqu'un, grommelle Tahir, en guise d'excuse. C'est très important.

— Moi, je rêve, c'est très important aussi », répond le garçon aux boucles dorées.

Et, sans prolonger l'entretien, il cache de nouveau son visage dans son manteau.

Tahir sent le ridicule de sa colère, et s'approche de son cheval, qu'il garde toujours près de lui. C'est un merveilleux cheval arabe, d'un noir d'ébène, dont le front est étoilé d'une tache blanche. À La Mecque, il est aussi connu que son maître, car nul ne sait si c'est la race du cheval ou le courage de son cavalier qui leur valent de si constants succès aux courses. Tahir s'assied en croisant ses jambes à côté de l'animal et, selon son habitude, lui confie ses soucis :

« Toi aussi, Sarab, tu rêves. Tu ne sais pas encore que nous risquons de rester ici comme des imbéciles. Aussi dépêche-toi de rêver que tu cours devant le calife, que bientôt tu vas gagner la course, que déjà la foule applaudit et que... »

À ce moment-là, une main se pose sur son épaule et le fait sursauter. Un homme, au visage dissimulé par le pan de son turban, murmure d'une voix essoufflée :

« Connais-tu celui qu'on appelle le fils d'Omar, le joaillier, le Mecquois ?

— C'est moi, répond Tahir.

— Grâce soit rendue à Allah très clément. »

Et l'homme sort aussitôt de sa large manche une boule de tissu ficelée de chanvre et la lui met d'autorité dans la main.

« Méfie-toi, ajoute-t-il. Je suis poursuivi. J'ai eu le plus grand mal à arriver jusqu'ici. »

Et sans en dire davantage, l'homme disparaît dans l'ombre, aussi silencieusement qu'il est venu. Tahir se gratte d'allégresse le grain de beauté qu'il porte sur la narine gauche et déclare à son cheval d'un ton triomphant :

« Maintenant, Sarab, nous sommes certains de partir pour Bagdad. Nous ferons vraiment la course devant le calife et nous la gagnerons. »

*

Seul dans sa tente, à la lueur d'une lampe à huile, Tahir défait soigneusement le paquet du marchand. Au milieu de plusieurs mouchoirs, dont le dernier est en soie, brille un magnifique rubis.

« C'est donc cela, le cadeau pour le calife, murmure-t-il avec admiration. Je n'ai jamais vu une aussi grosse pierre. Mais où la cacher ? »

Il hésite un moment, puis saisit l'écharpe de son turban, longue de trois mètres, dont le tissu bleu est en double épaisseur. Avec son couteau, il découd sur quelques centimètres la couture entre les deux tissus et glisse à l'intérieur le rubis enveloppé dans le mouchoir de soie. Puis il pose sur son front l'extrémité du turban qui contient le rubis, l'enroule plusieurs fois autour de sa tête, le serre sur sa nuque et en laisse tomber un pan derrière lui.

À peine a-t-il noué sa coiffure qu'il entend un bruit de pas. Il lève la tête vers l'entrée de sa tente : la paroi en peau de chèvre remue encore doucement comme si elle venait d'être écartée. Tahir se précipite dehors, mais, à son grand étonnement, tout est aussi tranquille et calme qu'auparavant.

« C'est étrange, marmonne-t-il, j'étais certain d'avoir entendu du bruit. »

Le poète, toujours allongé sur le sol, a ouvert les yeux.

« Tu as bien entendu, dit-il. Un homme regardait dans ta tente.

— Qui était-ce ? Le connais-tu ? » interroge Tahir.

Le poète s'assied lentement et répond d'un ton tranquille :

« Il avait des yeux gris comme l'acier, un profil tranchant comme le sabre et une barbe pointue. Il a regardé longtemps à l'intérieur. Que faisais-tu de si intéressant ?

— Rien, grogne Tahir, rien du tout. Je dormais.

— Alors, c'est sans doute parce qu'en dormant tu ressembles aux anges qui vivent dans les étages

du ciel que l'inconnu t'a surveillé si longtemps »,
remarque le poète malicieux.

*

Une heure plus tard, un bruit de tonnerre réveille
en sursaut la cité de toile. C'est le roulement du tambour qui annonce le prochain départ de la caravane.
Aussitôt chacun s'agite : les uns replient les tentes
comme de simples tapis, les autres se précipitent
vers le puits pour remplir les outres et faire leurs
ablutions matinales. Des esclaves chargent les chameaux qui blatèrent dans une cacophonie épouvan-

table, tandis que des marchands proposent du lait, des dattes et des galettes.

Au milieu de cette turbulence apparaît, sur une mule couverte de tapis précieux, un homme au regard vif et autoritaire, dont la large barbe monte jusqu'aux pommettes. Dans son manteau brodé il se tient droit sur sa mule, malgré sa jambe qui le fait terriblement souffrir.

« J'ai le cadeau, s'écrie Tahir en se précipitant vers son père.

— Je le sais déjà. On m'a envoyé un message

cette nuit. Je suis venu te dire adieu et te donner quelques conseils. »

Tahir soupire à l'idée d'entendre encore une fois les recommandations paternelles.

« Conduis-toi selon l'honneur et la soumission à Allah. N'oublie jamais que tu es le fils d'Omar, un joaillier connu dans le monde entier pour ses richesses et dont la réputation s'est étendue à toutes les contrées de l'Islam. »

Tahir écoute son père d'une oreille distraite et regarde les chameaux qu'amènent ses esclaves. L'un est réservé pour son cheval dont il transporte l'orge et l'eau. L'autre est sa belle chamelle de course rouge clair. Le troisième porte les bagages.

« Tu diras au calife, dit le joaillier, que seule la goutte m'empêche de venir me prosterner devant lui, et que je suis heureux de lui offrir, pour son épouse Zobeida, un rubis aussi gros que celui qu'il porte au doigt. »

Puis la voix d'Omar se fait plus autoritaire :

« Ne quitte jamais seul la caravane. Dans le désert d'Arabie, un voyageur solitaire est un voyageur mort.

— Mais je n'ai rien à craindre, réplique Tahir.

— Ne sois pas orgueilleux et stupide, dit le père d'un ton sévère. Méfie-toi de ce qui court, de ce qui rampe, de tout et de tous. Méfie-toi surtout de ces pillards du désert, ces affamés, ces incapables... »

Tahir se retourne d'un geste brusque :

« Les bédouins, tu veux dire ?

— Oui, ces voleurs...

— Mais ce sont de remarquables cavaliers ! » s'indigne Tahir, puis il ajoute avec un fier sourire :

« Mais, père, ne t'inquiète pas. Je suis le plus rapide cavalier de La Mecque. Personne ne pourra me rattraper.

— Allah seul est tout-puissant », répond gravement Omar.

Il tend à son fils une bourse pleine de dinars d'or que Tahir glisse dans sa ceinture.

Au moment où la ligne d'horizon commence à rougeoyer, la voix du muezzin s'élève au-dessus du tumulte pour appeler à la première prière du jour. Omar le joaillier descend avec peine de sa mule et jette sur le sol un tapis qui marque l'espace sacré de la prière. Autour de lui, chacun, devant son tapis ou sa simple natte, se tourne vers La Mecque. Tahir se dépêche de prendre une outre d'eau pour se laver le visage, les mains, les pieds et mouiller ses cheveux, puis se prosterne à son tour.

« *Allah akbar !* Allah est grand. J'affirme qu'il n'est pas d'autre dieu qu'Allah. J'affirme que Mahomet est le prophète d'Allah. Venez à la prière. Venez au salut. Allah est grand. Il n'est pas d'autre dieu qu'Allah. »

Tout en répétant machinalement la première sourate[1], Tahir pense à autre chose : a-t-on bien emporté de l'eau de rose pour parfumer le breuvage de Sarab, qui ne supporte pas la fadeur de l'eau de source ? Maintenant Tahir incline son buste, les mains sur ses genoux.

« Allah écoute celui qui chante ses louanges. Allah notre maître. À Toi la gloire. »

Puis il se prosterne, le front touchant le sol. Mais il est trop excité pour se concentrer sur la prière. Mille pensées assaillent son esprit. Il songe à l'homme mystérieux qui est venu l'épier dans sa tente.

« Heureusement que mon père ignore sa présence. Sinon, il ne me laisserait pas partir », songe-t-il.

À peine le soleil s'est-il levé à l'horizon, que le chef de la caravane donne le signal du départ. Les mille voyageurs s'ébranlent comme un chemin qui marche. Les chameaux, chevaux, mulets, lourdement chargés, se mettent en file pour apporter dans les pays de l'Est l'or et l'ivoire d'Afrique, les épices et les étoffes d'Extrême-Orient, les aromates et l'encens de l'Arabie Heureuse, sans compter les tissus, les armes, les céréales, les huiles et les esclaves.

Tahir saute à cheval et salue son père, péniblement remonté sur sa mule :

---

1. Chapitre du Coran.

« Père, je reviendrai bientôt.

— Qu'Allah te garde en sa miséricorde », dit le joaillier, tandis que passe dans ses yeux un voile d'inquiétude.

*

Tahir ne cesse de s'émerveiller des joies du voyage si longtemps attendu. Il arpente sans cesse la caravane, longeant les mulets qui portent une femme à gauche et une autre à droite, leurs enfants sur les genoux, et les chameaux surmontés de palanquins où sont dissimulées les femmes riches. À côté des files d'animaux, la foule suit à pied, causant, gesticulant, riant, chacun allant et venant de la tête à la queue du convoi pour retrouver famille et amis. Le soir, lorsque le tambour bat la halte de nuit, hommes et bêtes se précipitent vers le puits tandis que les boutiquiers étalent sur le sol des gâteaux, des fruits, des laitages, ou font griller sur des feux improvisés la viande de mouton.

Après une semaine de voyage, la caravane s'engage dans le désert du Nadj : de grandes étendues de cailloux et de sable, parsemées de roches noires. À la nuit tombée, un vent du nord glacial siffle sur le plateau désertique, soulevant des nuages de sable et de poussière qui pénètrent dans les yeux et la gorge. Les hommes se réfugient sous leurs tentes ou se blottissent derrière des murs faits de sacs et de paniers. Dans son abri de peau de chèvre, Tahir entend le vent gémir. Les parois de sa tente claquent tandis que le sable s'infiltre lentement et tourbillonne sur son visage. Pourtant, dans tout ce fracas, il lui semble percevoir les bribes d'une chanson. Intrigué, Tahir se couvre de son manteau et sort dans la tempête. Les hommes sont plaqués contre le sol, protégés par des ballots, dissimulés sous leurs couvertures. Seul exposé à la tourmente, assis en tailleur son luth à la main, un garçon ne cesse de chanter :

« Depuis que sa voix m'a ensorcelé, je n'ai point d'autres pensées. Pour toujours je suis prisonnier de sa beauté.

— La paix sur toi, poète, s'exclame Tahir qui reconnaît le garçon aux boucles dorées. Ta raison s'est-elle envolée pour que tu chantes à cette heure-ci ?

— J'ai rencontré l'amour, répond Daoul d'un ton triomphant.

— Est-elle belle ? demande Tahir.

— Elle a une voix ensorcelante.

— On peut avoir une voix ensorcelante et ressembler à une guenon.

— Ignorant. Sache qu'à l'inflexion d'une voix, je devine une ligne de hanche, la grâce d'un cou, l'épaisseur d'une chevelure.

— Qui est-elle ?

— Je l'ignore. Elle voyage dans un palanquin.

— Elle est riche alors, remarque Tahir en regardant le manteau rapiécé du poète, son turban délavé, ses pieds nus dans de vieilles sandales.

— Mon père et ma mère sont morts dans un naufrage, mais je serai bientôt riche, déclare l'autre qui devine les pensées de son compagnon.

— Sais-tu déjà, ami, quelle sera ta destinée ? s'étonne Tahir.

— Ma destinée m'attend à Bagdad. Je deviendrai poète à la cour du calife. Bientôt mon nom, Daoul de Damas, sera sur toutes les lèvres de la capitale. »

Tahir ne peut s'empêcher de rire devant tant d'assurance.

« En attendant la fortune, poète errant, viens te coucher dans ma tente, sinon tu seras transformé en statue de sable avant que le calife ait pu t'entendre. »

Daoul pose son luth lorsque l'appel à la prière de la nuit se fait entendre. Hommes et femmes émergent alors de leurs tentes ou des abris de fortune. Se dressant face à La Mecque, ils ressemblent, dans les rafales de sable, à d'étranges fantômes dont le vent emporte au loin l'écho des paroles sacrées.

*

Le calme est revenu aussi vite qu'avait surgi la tempête. Assommés de fatigue, Tahir et Daoul dorment profondément et ne remarquent pas que la

porte de la tente s'entrouvre devant un homme grand, au visage triangulaire entouré d'une courte barbe en pointe. L'homme a un rapide sourire en découvrant le turban bleu enroulé sur la tête de Tahir. Il s'approche à pas de loup et commence à défaire délicatement le turban du dormeur. Celui-ci, dans son sommeil, fait quelques gestes pour repousser un ennemi imaginaire. L'homme n'a guère de peine à dégager la précieuse écharpe, et s'apprête à partir, lorsque Daoul lui arrache le turban en criant :

« Voleur ! »

L'homme lui jette un regard dur de ses yeux gris et s'enfuit. Tahir se redresse :

« Qu'est-ce qui se passe ?

— Le danger t'a effleuré comme l'aile silencieuse du hibou », répond son compagnon.

Tahir a bondi devant sa tente. Mais il est trop tard pour courir après le voleur. Sur un beau cheval brun, l'homme s'est enfui au galop. Il est déjà loin.

« Qui est-ce ? demande Tahir à Daoul qui vient le rejoindre.

— Celui dont le visage est tranchant comme le glaive et dont les yeux ont l'éclat de l'acier. Mais pourquoi s'intéresse-t-il tant à ton turban ? Aurais-tu, par hasard, caché quelque chose à l'intérieur ? »

Tahir lui fait signe de se taire et chuchote :

« C'est un cadeau pour l'épouse du calife : un rubis aussi gros que celui qu'il porte au doigt.

« — Alors, conclut Daoul, méfie-toi de cet homme. Il a décidé de te prendre ce rubis, dût-il te faire périr. »

*

Deux jours plus tard, à l'heure où le soleil se couche, le convoi arrive dans une dépression profonde que surplombent, à droite, une montagne rouge et à gauche une montagne noire. Daoul, à califourchon sur la chamelle rouge clair de Tahir, marche à l'avant du convoi près du chef de la caravane. Bientôt arrive en trombe son ami, très excité.

« Daoul, j'ai des renseignements sur la fille à la voix ensorcelante.

— Quoi ?

— C'est une esclave chanteuse qui s'appelle Abda. Elle a appris son métier dans la meilleure école de l'Islam, à Médine.

— Et où va-t-elle ?

— À Bagdad. »

Daoul lève les bras vers le ciel, au risque de tomber de sa chamelle.

« La destinée m'attend à Bagdad ! crie-t-il. Je te l'avais dit.

— Elle a été achetée par un marchand. Et je doute, pour le moment, que tu puisses t'offrir une esclave si chère.

— Taisez-vous, dit brutalement le chef de la cara-

26

vane dont le visage est devenu très grave. Un danger nous menace. »

Tahir scrute l'horizon.

« Je ne vois rien. Tout est calme et paisible.

— Tu ne connais rien au désert. Regarde là », répond le chef en montrant le sol.

Sur le sable, en effet, Tahir remarque des traces d'animaux.

« Ce ne sont que des empreintes de chameaux, dit-il.

— Oui, mais des chameaux qui viennent du désert des Sables.

— Comment le sais-tu ?

— À la sole de leurs sabots. Elle est tendre. Des lambeaux de peau s'en détachent. »

Tahir descend de son cheval et saisit les fines lamelles de peau grise ; les chameaux à sole dure qui vivent dans les montagnes près de La Mecque ne laissent jamais rien de pareil.

Le chef descend à son tour de sa monture et examine les crottes des bêtes.

« Ces chameaux n'ont pas bu depuis longtemps. Ils ont faim et soif. Leurs maîtres aussi, sans aucun doute.

— Pourtant, constate Daoul, il n'y a aucun bruit. D'habitude, les cris des chameaux s'entendent très loin dans le désert.

— C'est bien ce qui m'inquiète. Avant de faire un

mauvais coup, les bédouins mettent toujours des muselières à leurs bêtes. »

Puis se tournant vers le joueur de tambour, il ajoute :

« On va établir le campement ici.

— Ici ? Mais il n'y a pas de puits ?

— J'en connais un caché dans cette fissure. On le trouvera en creusant un peu. »

L'autorité du chef de la caravane ne souffre aucune discussion. Le tambour résonne donc dans la vallée. Chacun s'installe pour la nuit. Les tentes sont montées avec diligence et déjà la bonne odeur des feux se répand dans l'air du soir. Le puits est vite creusé devant une longue file de porteurs d'outres. Plus loin, les chameaux se précipitent vers les plantes sauvages en claquant avidement des lèvres. Soudain Tahir aperçoit, en haut d'une colline, un nuage de poussière.

« Des cavaliers ! » s'écrie-t-il.

Sur la crête, en effet, arrivent par dizaines des bédouins qui descendent de leurs chameaux pour monter les chevaux réservés à l'attaque.

« La razzia ! la razzia ! » crie-t-on de toutes parts.

C'est la panique. Les femmes gémissent, les enfants hurlent, les hommes s'apprêtent à défendre leurs biens. Tahir sent dans son cœur une intense émotion. Enfin il va voir ces bédouins du désert dont les légendes chantent l'orgueil et les chevaux rapides comme l'éclair. Enfin il va pouvoir se mesurer à eux. Et d'un geste fier, il tire le glaive qu'il porte à la ceinture.

« Remets ton glaive, ordonne le chef de la caravane. Les bédouins ne veulent pas tuer. Tout ce qu'ils cherchent, c'est le pillage. »

Puis il crie à ceux qui l'entourent :

« Ne tuez personne ! Sinon vous subirez la loi du talion. »

Déjà les bédouins fondent sur le campement comme un vol de sauterelles. Ils se précipitent vers les chameaux et les chevaux qu'ils entraînent derrière eux, ou saisissent les sacs remplis d'objets précieux. L'un d'eux tranche du glaive la toile d'un beau palanquin vert, saisit la femme qui se trouve à l'intérieur et la jette sur sa monture.

« Abda ! » s'écrie Daoul.

En un clin d'œil, Tahir voit son ami tendre les bras vers une silhouette voilée qui se débat dans les bras d'un bédouin. Sans réfléchir, il se précipite vers le voleur.

« Par celui qui créa les sept étages du ciel, je vais te donner une leçon éternelle. »

Et il lui enfonce dans la poitrine son glaive qui ressort, étincelant, par le flanc. Aussitôt la voix d'un autre bédouin s'écrie :

« Attrapez le turban bleu ! »

Tahir, inquiet pour le précieux rubis que son père lui a confié, décide de fuir le combat.

« Galope, Sarab, galope ! »

L'étalon noir semble voler au-dessus des pierres du désert. Ravi de ses exploits, Tahir se retourne et découvre un cavalier sur un cheval blanc qui le poursuit au grand galop.

« Cours, Sarab, cours, montre à ces bédouins que nous sommes les meilleurs. »

Mais quand il regarde de nouveau en arrière, Tahir constate que le cheval blanc, loin d'être distancé, se rapproche au contraire !

« Plus vite, plus vite ! » dit-il en se couchant sur l'encolure du cheval.

Malgré l'étonnante rapidité de Sarab, Tahir entend toujours plus près les pas du poursuivant... Déjà son souffle brûle sa nuque. Alors, un bras ferme le saisit à la taille, l'arrache de sa selle et le jette à terre. Sarab se cabre avec un hennissement de douleur. Le bédouin saute à terre à son tour, arrache le turban de soie bleue et le noue autour de son cou.

« Je suis Ebad, dit-il, de la tribu des Rabia. Tu es bon cavalier pour quelqu'un de la ville. »

Puis il flatte l'encolure de Sarab.

« Beau cheval. Il vaut bien trente chameaux.

— Je préfère mourir plutôt que de perdre mon cheval, répond Tahir.

— Tu risques déjà la mort. Tu as tué l'un des nôtres. Maintenant, suis-moi. »

Le bédouin attache la bride de Sarab à la selle de son propre cheval sur lequel il monte légèrement. Puis il avance, au pas. Tahir, honteux et stupéfait de sa défaite, marche piteusement derrière Ebad, se demandant encore comment un cavalier peut être plus rapide que lui.

2

Un étrange tourbillon

Tahir suit longtemps le bédouin à cheval. Il fait très froid. Il grelotte. Il est fatigué de marcher. Enfin, lorsque la lune est haute dans le ciel, Ebad s'engage dans une gorge profonde. Au milieu de la vallée encaissée, bien retranché derrière les hautes falaises, se tient le camp des bédouins. Il est en fête. Dans les cris et les rires, les vainqueurs célèbrent le succès de la razzia. Ils mangent gaiement les nourritures volées et particulièrement du mouton grillé, mets exceptionnel pour les nomades du désert.

Ebad passe à l'écart de la foule en liesse et se dirige vers une grande tente à l'extrémité du campement. Par politesse, il longe l'arrière de la maison de toile et il attache les chevaux.

« Viens avec moi », ordonne-t-il à Tahir.

Ebad s'approche du côté droit de la tente, celui qui est réservé aux hôtes. À l'intérieur, derrière la porte largement relevée, un groupe d'hommes est assis en rond. Au centre, se tient le cheik. Il a des cheveux blancs et porte un caftan doublé de peau de brebis et des bottes de cuir.

Ebad laisse son prisonnier en retrait, dans l'ombre, et s'avance en s'inclinant.

« La paix sur toi. »

Aussitôt tous les hommes se lèvent pour lui rendre son salut :

« Sur toi la paix.

— Assieds-toi avec nous », dit le cheik.

Ebad est impatient de montrer le succès de son entreprise et dénoue le turban attaché à son cou.

« J'ai le turban bleu », dit-il avec fierté.

Le cheik se tourne alors vers un homme vêtu d'un riche manteau de laine, qui ressemble plus à un citadin qu'à un bédouin.

« Antaki, dit-il, voilà l'objet que tu m'as demandé. »

À l'extérieur de la tente, Tahir dévisage le citadin avec stupeur. Il a les yeux gris d'acier, un profil tranchant comme le glaive et une barbe pointue.

« C'est l'homme que m'a décrit Daoul, pense

Tahir stupéfait. Celui qui me surveille depuis le départ de La Mecque. »

Antaki a un sourire satisfait pour déclarer au cheik :

« J'ai mis mon espoir en celui qui ne déçoit aucun espoir, car ses chevaux sont comme les sauterelles tombant sur un champ de blé. »

Le cheik paraît content de la louange.

Antaki défait alors sa ceinture ; il en sort cinq dinars d'or qu'il tend à son hôte.

« Voilà le prix dont nous étions convenus.

— Donne-lui le turban », ordonne le cheik à Ebad.

Tahir ne contient plus son indignation. Sortant de l'ombre, il déclare :

« Cet homme te trompe, ô cheik. Sache que le prix de ce que contient ce turban n'est pas de cinq dinars mais de cent mille. »

Antaki jette sur le nouveau venu un regard meurtrier.

« Qui est ce garçon ? demande le cheik.

— Cet étranger a tué ton cousin alors qu'il enlevait une jeune fille », explique Ebad.

Un murmure parcourt l'assistance. Le cheik, sans se départir de sa sérénité, interroge le nouveau venu :

« Ebad dit-il la vérité ?

— Il la dit, ô cheik », répond Tahir.

Le cheik se tait un moment avant d'avouer avec tristesse :

« Je souhaite toujours que les razzias se fassent sans mort d'homme. »

Puis il ajoute en se tournant vers Tahir :

« Sais-tu que tu tombes sous la loi du talion ?

— À moins qu'il ne paie le prix du sang, dit un bédouin.

— As-tu des chameaux à offrir pour racheter ta vie ? demande un troisième.

— Je les ai perdus pendant la razzia, déclare Tahir, mais j'ai de l'argent. »

Et, décrochant sa ceinture, il tire toutes les belles pièces d'or que son père lui a données.

« Avec cela vous pouvez vous acheter cent chameaux. »

Les hommes paraissent hésiter. C'est alors qu'Antaki prend la parole :

« Ô cheik, toi qui possèdes la *muruwa,* la vertu qui rend digne d'être un homme, penses-tu que la vie de ton cousin, ce cavalier si noble et si hardi, puisse être rachetée par cent chameaux ? Et vous qui représentez le conseil de la tribu, ajoute-t-il en se tournant vers les autres hommes, que craignez-vous d'un enfant qui n'appartient pas à une tribu du désert ? Aucune action ne s'exercera contre vous pour venger sa mort. »

Puis, comme pour s'excuser d'être intervenu dans

un débat qui ne le concerne pas, il se lève et salue le cheik :

« Je ne veux pas troubler la sagesse du conseil. Donne-moi seulement quelques hommes pour que je rejoigne la caravane et retourne en Irak sans danger.

— Ebad, dit le cheik, fais raccompagner notre hôte, et emmène le prisonnier pendant que le conseil délibère sur son sort. »

*

Dans la tente réservée au prisonnier, Tahir attend longtemps la décision du conseil. De la maison de toile du cheik sortent les éclats de voix d'un débat très animé. Près de lui, Ebad reste silencieux.

« Crois-tu qu'ils me feront mourir ? finit par demander Tahir.

— C'est possible, car tu n'appartiens pas à une tribu. Et ils n'ont pas à craindre que des bédouins vengent à leur tour ta mort. »

Enfin le cheik apparaît, le visage grave.

« Le conseil a décidé la loi du talion. Demain, on t'enterrera jusqu'au cou. »

Puis il se tourne vers Ebad.

« Fais-le garder cette nuit par le frère du mort. »

Et le cheik se dirige vers le centre du camp, où règne une triomphale allégresse.

Tahir est totalement abasourdi par la décision du

conseil des bédouins. Ce matin, il était encore si fier et si joyeux dans la caravane. Comme le destin est imprévisible ! Ainsi, il a été écrit par Allah qu'il devait mourir très jeune dans le désert d'Arabie. Et mourir honteusement, après s'être fait voler le rubis que son père lui a confié. Ebad le regarde avec commisération, respectant son silence. Un long moment se passe pendant lequel Tahir, plongé dans les ténèbres, reste sans réaction. Enfin il se tourne vers le bédouin :

« Puis-je te demander une faveur ? »

Ebad hoche la tête.

« Après ma mort, ne vends pas Sarab à quelque gros marchand maladroit qui lui casserait les reins. Garde-le pour toi.

— Ne crains rien pour ton cheval. Je le soignerai comme le mien. »

Puis, après un court silence, il ajoute :

« Tu as l'âme noble comme un bédouin. Tu ne crains pas la mort. »

Tahir baisse la tête et avoue tristement :

« Tu te trompes. J'ai tellement envie de vivre ! »

*

Le frère du mort est un colosse au visage dur. Il attache les pieds et les mains de Tahir avec de grosses cordes faites en queues de chameau. Puis il tourne le dos au prisonnier, s'assied et observe le camp. Par la porte ouverte de la tente, Tahir peut apercevoir les nomades qui rassemblent toutes les bêtes volées et les distribuent aux familles bédouines dans de grandes clameurs de liesse. Soudain, une voix s'écrie :

« Voilà le chef de la razzia ! »

Alors la foule s'écarte pour laisser passer un petit bédouin aux gestes vifs et au regard rapide, qui tire derrière lui la chamelle de course de Tahir, la belle chamelle rouge clair aux reflets dorés. Le chef de la razzia prend la parole :

« Conformément à la promesse que je vous ai faite en cas de victoire, et pour l'honneur de la tribu des Rabia, j'offre en victime la plus belle chamelle du butin. »

Pour sauver sa chamelle, Tahir tire violemment sur les cordes qui retiennent ses mains, mais il ne fait que se meurtrir davantage. Impuissant et malheureux, il regarde le chef de la razzia tirer son glaive, lever le bras, et frapper au cou l'animal qui blatère pathétiquement. Aussitôt une jeune femme apporte une grande jatte de bois pour recueillir le sang. Et pendant que l'assistance entière entame une longue mélopée de triomphe, le vainqueur marque avec ce sang fumant le dos de tous les animaux conquis. Tahir ferme les yeux et baisse la tête pour dissimuler les larmes qui débordent de ses yeux comme les pluies soudaines qui ravinent le désert.

La lune est dans la seconde moitié de sa course lorsque le calme revient sur le campement bédouin. Seuls les chacals qui sentent la viande fraîche jettent dans le silence des cris avides. Couché près de la porte de la tente, Tahir retrouve peu à peu ses esprits. Non, il ne veut pas mourir. Ni qu'on raconte dans les souks de La Mecque que le meilleur cavalier de la ville a été rattrapé par un bédouin et a subi la loi du talion. La révolte gronde dans son cœur. Il ne veut pas mourir avant de s'être vengé d'Antaki, avant de retrouver le rubis, avant de l'offrir au calife. Mais comment se sauver ? Il essaie encore une fois de dénouer les cordes qui lui attachent les membres, mais ses efforts sont inutiles.

Soudain une idée germe dans son esprit : il faut qu'il rejoigne une tente, la plus proche, celle d'Ebad. Car rien ne peut empêcher un bédouin d'obéir aux lois de l'hospitalité et de protéger l'étranger qui a franchi le seuil de sa tente. Là, il aura droit à la protection de son hôte et sera en sécurité. Mais comment parvenir jusqu'à la tente d'Ebad avec des pieds et des mains liés ? Peu importe, s'il ne peut pas marcher, il roulera comme une grosse pierre.

Devant la tente, assis les jambes croisées, le frère du bédouin tué dresse son énorme dos.

« Pourvu qu'il soit endormi », se dit Tahir.

Et pour s'en assurer, il tousse légèrement afin de guetter les réactions du colosse. Mais la grosse silhouette reste immobile.

« Qu'Allah me garde », murmure Tahir.

Et donnant un coup d'épaule, il commence à rouler sur le sol. Lorsqu'il passe à côté du colosse, il remarque ses paupières lourdement fermées et Tahir sent l'espoir gonfler sa poitrine. Prudemment, il donne encore un coup d'épaule, puis un autre. Mais le sol est inégal, fait de roches et de pierres qui entravent son mouvement. Par saccades brutales, il fait un tour sur lui-même, puis deux, puis trois. Soudain le sol décline en une forte pente imprévue, et Tahir se met à rouler sans pouvoir s'arrêter. Autour de lui, les cailloux dévalent avec un bruit qui lui paraît terrifiant.

Tahir cesse enfin de glisser. Il est maintenant sur un petit plateau en contrebas de la tente d'Ebad. Il lui faut remonter. L'ascension est très pénible. Avec ses doigts, malgré ses mains ficelées, il se cramponne au sol, tandis que ses jambes repliées donnent maladroitement de brèves détentes qui permettent d'avancer centimètre par centimètre. Que c'est long ! Que c'est difficile ! Tahir rampe avec l'énergie du désespoir. Enfin il se faufile sous la tente d'Ebad où il s'effondre, épuisé. Il s'aperçoit alors que tous ses membres sont tailladés par les pierres, son visage gonflé et douloureux, ses poignets et ses chevilles en sang.

« Ebad, gémit-il, Ebad ! »

Le bédouin, qui dort de l'autre côté de la cloison intérieure, dans la partie réservée à la famille, accourt aussitôt.

« Puisque Allah t'a conduit sous ma tente, sois mon hôte et demeure sous ma protection. Demain, je tuerai un mouton en ton honneur. »

La femme d'Ebad, une fille de quatorze ans, aux longues tresses noires, vêtue d'une tunique de laine, apparaît à son tour.

« Mais il faut le soigner, s'écrie-t-elle. Il est tout meurtri. Défais vite ses liens. »

Avec une rapidité surprenante, elle apporte une jatte d'eau et un tissu propre pour nettoyer le visage de Tahir.

« Tu as un beau grain de beauté », dit-elle en riant.

Puis elle met sur ses blessures une pâte bizarre faite d'un mélange de sel, de cendres et d'excrément de chameau.

« Il faut que tu manges pour reprendre des forces », dit Ebad.

Tahir s'assied avec peine. Après avoir versé de l'eau sur ses mains, la jeune femme lui apporte une jatte de lait, des dattes et du pain noir que Tahir dévore de grand appétit. Ebad le regarde en souriant sans rien manger lui-même puisqu'il est l'hôte qui reçoit, et sans parler car la nourriture est chose trop importante pour être dérangée par des bavardages.

Lorsque le frugal repas est terminé, Ebad se relève.

« Maintenant tu peux dormir tranquille. Par l'honneur des Arabes, tu ne crains rien sous mon toit. »

Et il lui apporte un coussin pour sa tête et une couverture de laine.

*

Tahir est encore faible le lendemain matin. Allongé au fond de la tente, il regarde la femme d'Ebad se livrer à ses occupations quotidiennes. Devant la porte ouverte, elle se lave les cheveux dans de l'urine de chameau, afin de leur donner de beaux reflets roux. Puis, après avoir trait une chamelle, elle verse le lait dans un seau de bois qu'elle accroche au-dessus d'un feu.

« Pourquoi réchauffes-tu le lait ? » lui demande Tahir.

La jeune femme éclate de rire.

« Je ne le réchauffe pas. Je le laisse s'évaporer pour qu'il devienne de la poudre. C'est plus facile à transporter. Sais-tu faire du beurre ? ajoute-t-elle, amusée par l'ignorance de l'étranger.

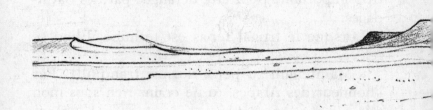

— Non », avoue Tahir.

Alors la femme d'Ebad met du lait de brebis dans une outre en peau de mouton qu'elle accroche sur un trépied. Puis, s'asseyant sur le sol les jambes croisées, elle se met à battre l'outre avec deux baguettes de bois en psalmodiant des mélopées arabes.

Mais Tahir est inquiet. Il voit Ebad se diriger vers la tente du cheik qui doit décider de son sort. Son hôte saura-t-il lui éviter la loi du talion ? Le cœur serré, il ne quitte pas des yeux la grande tente du chef. Le temps lui paraît infiniment long et semble présager le pire. Enfin Ebad réapparaît. Sur son visage immobile, Tahir tente vainement de déchiffrer la décision prise. Lentement Ebad se dirige vers lui, s'assied, et reste un moment silencieux avant de déclarer :

« Le cheik garde tes pièces d'or pour le prix du sang de l'homme que tu as tué afin de dédommager la tribu. Mais il te laisse la vie et ton cheval puisque tu es sous ma protection. »

Tahir soupire.

« Qu'Allah te rende tes bienfaits.

— Je suis heureux pour toi car tu es courageux et bon cavalier. »

Tahir, qui, le danger passé, retrouve aussitôt son orgueil, demande :

« Me laisseras-tu faire une autre course avec toi ? Je tiens à prendre ma revanche.

— Demain, si tu veux. Mais tu vas encore te faire battre », dit Ebad en riant.

*

Le jour suivant Tahir dort d'un sommeil de plomb lorsqu'un rayon de soleil vient chatouiller sa joue. Il ouvre les yeux, bâille, et s'aperçoit avec stupeur qu'il est totalement seul. Le camp a disparu. Seule reste la natte sur laquelle il était endormi.

« Je n'ai rien entendu, rien senti, s'étonne-t-il. Et moi qui voulais ce matin faire la course avec Ebad ! »

Puis brusquement il s'affole : Sarab ! Ils ont emmené son cheval, ils l'ont laissé seul, sans monture, promis à la mort sur le plateau d'Arabie. Dire qu'il croyait à l'honneur des Arabes... Peu de temps après, il entend un hennissement derrière un rocher. Il se précipite et pousse un cri de joie en découvrant Sarab qui mange tranquillement de l'orge, à côté d'un chameau chargé d'outres d'eau et de nourriture.

« Comment ai-je osé douter de l'honneur des Arabes et de la parole d'Ebad ! » songe-t-il avec confusion.

*

Pendant les premiers jours du voyage, Tahir ne connaît pas de limite à son exaltation. À son tour, il vit comme les bédouins légendaires, dormant à la belle étoile, parcourant, solitaire et magnifique, les grandes étendues désertiques. Mais, après deux semaines de solitude, l'inquiétude commence à envahir ses pensées. Il résiste de plus en plus mal au froid glacial des nuits et à l'aveuglante lumière des jours. Son cheval donne des signes de fatigue : il transpire et baisse la tête d'une manière pitoyable. Tahir essaie de l'encourager :

« Nous ne sommes plus très loin, Sarab. Nous avons toujours marché vers le Nord, en prenant la route la plus courte pour Bagdad. Après cette dune, ou la suivante, nous verrons certainement à l'horizon les rivages verts de l'Euphrate. »

Mais après la dune, et après la suivante, ce sont à nouveau des immensités de sable qui s'étendent devant lui. Tahir se garde bien de transmettre à son cheval la crainte qui effleure son esprit et qu'il essaie de repousser : ce fameux désert du Nafud qu'il croit avoir déjà traversé, est-il encore devant lui ? S'agit-il de ces dunes maudites qui s'étalent maintenant sous ses yeux ?

Ses appréhensions se révèlent dramatiquement exactes. Quatre jours plus tard, les mêmes dunes de sable s'étendent à l'infini. Toutes les provisions d'eau et de nourriture sont épuisées. Seul le chameau a encore de la réserve. De temps en temps, il éructe pour faire remonter de son estomac son bol alimentaire qu'il rumine en grinçant des dents.

C'est alors que Tahir remarque au loin une épaisse poussière qui obscurcit l'horizon. En un instant, les lourds nuages jaunes s'amoncellent et font la nuit sur la terre. Tout autour, le sable tourbillonne en rafales. Tahir protège son nez et sa bouche avec le pan de son turban tandis que Sarab, aux naseaux sensibles, hennit de douleur.

« Montons sur la dune. De l'autre côté nous serons protégés de la tempête ! » dit le garçon pour l'encourager.

Et tirant le cheval et le chameau par leurs brides, Tahir tente d'escalader la masse de sable. Mais celui-ci glisse en cascades, et chaque pas vers le sommet le ramène à son point de départ. Inlassablement, au milieu de la tourmente, Tahir remonte pour dégringoler de nouveau. Son cœur bat fort dans sa poitrine, ses oreilles bourdonnent, et il a le plus grand mal à avaler sa salive. Pourtant, courageusement, obstinément, aveuglément, Tahir hisse sans relâche les bêtes épuisées. Enfin le sol s'aplanit sous ses pas.

« Nous avons franchi le sommet », hurle-t-il à Sarab.

Comme ils descendent la pente, le vent se fait moins violent, la visibilité plus grande. Devant lui s'étale du sable plat, tandis qu'au-dessus de sa tête, à la crête de la dune, tourbillonnent des nuages de poussière.

Blotti à côté de ses bêtes, Tahir attend la fin de la

tempête et, d'épuisement, finit par s'endormir. Il rêve du paradis tel que l'a décrit Mahomet : un jardin rempli de fruits qui s'inclinent pour être cueillis, de grands arbres aux frais ombrages, et des fontaines dont on admire, allongé sur des coussins de soie, les transparents jets d'eau.

C'est le vent qui le réveille. De nouveau, il souffle en rafales, et Tahir est entièrement recouvert par les minuscules grains blancs. Derrière lui, la dune a disparu, emportée par la tempête. À côté, Sarab respire péniblement. De grosses gouttes de sueur perlent sur son encolure. Tahir aussi transpire et sent sa raison vaciller.

« Je dois boire, il faut que je boive, n'importe quoi, n'importe comment. »

Alors il se rappelle les récits dramatiques de son enfance. Le chameau, oui, le chameau est son seul recours. Il boira l'eau que contient son estomac. Les yeux exorbités par ce qu'il va accomplir, Tahir saisit son glaive, s'approche de l'animal et lui tranche la gorge. Le sang lui saute au visage, emplit sa bouche et lui donne la nausée. Incapable de mener à bien son projet et de trouver l'eau dans l'estomac de la bête, il se tord sur le sol pour vomir. Puis il regarde avec terreur ses mains rouges et l'animal agonisant.

« Je suis un assassin. Je suis un homme tout rouge, s'exclame-t-il, saisi par le délire. Je dois me laver du rouge. Ici, il y a des fontaines, des milliers de fontaines... »

Et Tahir tend ses mains dans le vide pour saisir des jets d'eau invisibles. Il se met à rire, à rire comme un fou, en répétant :

« De l'eau ! De l'eau fraîche ! De l'eau claire ! »

Puis son rire se transforme en cri désespéré :

« Elle a disparu ! Elle est retournée sous la terre. »

Et frénétiquement il se met à gratter le sable.

Tahir creuse longtemps, tel un somnambule, un trou que chaque rafale revient combler. Soudain, surgit du sable un génie, jaune safran, en forme de coloquinte, qui dit d'une voix grinçante :

« On ne peut plus dormir tranquille ? Pourquoi viens-tu troubler mon repos ? »

Tahir titube de surprise et balbutie d'une voix à peine audible :

« Je cherche de l'eau... juste un peu d'eau... »

L'étrange interlocuteur ricane :

« De l'eau dans les dunes du Nafud ! Es-tu devenu fou ou es-tu totalement stupide ?

— J'ai soif, j'ai tellement soif, gémit Tahir. Et mon cheval se meurt. »

Dans les yeux du petit homme jaune passe une lueur d'espoir.

« Si je te sauve de la mort, sauras-tu montrer ta reconnaissance ?

— Par l'honneur des Arabes, je te le jure.

— Alors monte sur ton cheval et ramène-moi, avant le coucher du soleil, une poignée de dattes. Souviens-toi : avant le coucher du soleil. »

Trop las pour discuter, Tahir tire Sarab qui tremble sur ses jambes. Puis il se hisse péniblement sur la croupe de l'animal. Dès que le pitoyable cavalier se trouve enfin en selle, il entend le génie crier :

« Que le tourbillon t'emporte ! »

Aussitôt le vent se met à tourner autour d'eux avec une vitesse stupéfiante. Une muraille invisible et sifflante les entoure, les enferme et les sépare du monde. Puis la rotation du vent s'accélère encore et Tahir se sent soulevé au-dessus du sol.

« Comment reviendrai-je ? crie-t-il, affolé de se sentir prisonnier de ce grand manteau d'air.

— Tu n'as qu'à dire : Que le tourbillon m'emporte ! Et n'oublie pas ! Avant le coucher du soleil ! »

*

Quelques instants plus tard, le tourbillon les repose en douceur sur la terre ferme. Le mur de vent se dissipe et sous les yeux de Tahir se déploie un paysage enchanteur. Autour d'un étang qu'alimente une source murmurante, se dressent de grands palmiers couverts de dattes fraîches. Des massifs de fleurs jettent des taches de couleurs et des alouettes chantent dans les arbres. Sarab se précipite vers l'étang et se met à boire à longues gorgées.

« Doucement, doucement, lui dit son maître. Tu vas tomber malade. Nous avons tout notre temps. »

L'eau est délicieuse, fraîche, parfumée à l'eau de rose. Elle a sans doute un pouvoir magique, car en un instant Tahir retrouve ses forces et son cheval hennit de joie. Désaltéré, Tahir va manger quelques dattes sans oublier d'en cacher une poignée dans sa manche pour le génie. Puis il s'allonge dans les grandes herbes et ferme les yeux de bien-être.

Lorsqu'il examine à nouveau le paysage, il découvre une gazelle qui s'approche de lui et le regarde dans les yeux, comme un être humain. Puis elle se retourne et se met à courir. Mû par une force irrésistible, Tahir se lève pour courir après le charmant animal.

La palmeraie se révèle beaucoup plus profonde qu'il ne l'imaginait. Plus il avance pour saisir la gazelle, plus elle s'éloigne entre des palmiers de plus en plus denses. Dès qu'il songe à s'arrêter, la gazelle se retourne, lui jette un regard bouleversant, et, comme ensorcelé, Tahir se remet à la suivre.

La poursuite dure longtemps. Tahir semble avoir perdu la mémoire et ne remarque pas le jour qui décline et le ciel qui flamboie à l'horizon. Il ne songe qu'à rattraper l'insaisissable silhouette blanche.

Soudain, comme le soleil est sur le point de quit-

ter la terre, Tahir entend les hennissements de Sarab. Ce sont les appels pathétiques, désespérés, du cheval qui craint la mort. Brutalement arraché à son inlassable poursuite, Tahir s'écrie :

« Allah très haut ! »

Dès qu'il a prononcé le nom de celui qui détient la puissance et la force, la palmeraie disparaît en fumée. Autour de lui, le désert. À quelques pas, la gazelle, morte. De-ci, de-là, gisent des cadavres humains plus ou moins desséchés et mangés par les vautours. Seul Sarab dresse son élégante silhouette dans ce décor sinistre. Au loin, le soleil descend lentement sous la ligne d'horizon.

« Le coucher du soleil ! » s'exclame Tahir qui se souvient des ordres du génie.

Et il se met à courir de toutes ses forces vers son cheval. Dans sa précipitation, il bute sur un corps allongé par terre. En se relevant, Tahir est frappé par la chevelure aux boucles dorées de ce qu'il prend pour un cadavre. Il retourne alors le visage et pousse un cri :

« Daoul ! »

Le cœur de son ami bat encore. Tahir le prend dans ses bras, surveillant avec angoisse la boule de feu rouge dont on ne voit plus que le dernier croissant.

« Sarab, viens, hurle-t-il. Dépêche-toi. »

Dès que Sarab l'a rejoint, Tahir jette sur son dos le corps de Daoul, saute en selle et s'exclame :

« Que le tourbillon m'emporte ! »

*

Le gnome rond sourit de joie en recevant les dattes.

« Grâce soit rendue à la clémence d'Allah, de t'avoir mis sur ma route.

— Qui es-tu ? demande Tahir.

— Je suis le génie du tourbillon. Il y a des années, ma sœur m'a ensorcelé. Je devais rester enseveli dans les sables du Nafud jusqu'à ce qu'un voyageur vienne m'apporter des dattes.

— Qui est ta sœur ?

— Tu la connais. Elle se transforme en gazelle pour faire mourir ceux qui pourraient me délivrer.

— Maintenant elle est morte », conclut Tahir joyeusement.

Puis il ajoute :

« Que peux-tu faire pour mon ami qui se meurt ? »

Le génie touche de sa main jaune le corps de Daoul qui aussitôt reprend vie.

« J'ai fait d'affreux cauchemars, déclare-t-il. J'ai été ensorcelé par un génie et une gazelle. Veux-tu que je te raconte ?

— Plus tard », répond Tahir.

55

Puis il s'adresse de nouveau au génie du tour-billon :

« Comment pouvons-nous quitter le désert ?

— Pour te remercier, dit le génie, je te donne le pouvoir de dire : "Que le tourbillon m'emporte", et tu iras où tu voudras. Mais ce pouvoir, tu ne pour-ras l'utiliser que trois fois. Maintenant, adieu. »

À ce moment, le gnome se met à monter, monter, monter vers le ciel des génies. Lorsqu'il a disparu dans l'azur, Tahir saute en selle et s'écrie :

« Que le tourbillon m'emporte à Bagdad ! »

3

Au hammam

Il fait encore nuit lorsque le tourbillon dépose son fardeau sur le pont central de la Ville de la paix[1]. À l'extrémité du pont, des chouettes tourbillonnent avec des cris lugubres autour d'un cadavre pendu à un gibet.

« Charmant accueil », constate Tahir.

Mais rien ne peut entamer l'enthousiasme de Daoul qui baise le sol entre ses mains en s'écriant :

« Enfin je t'ai rejointe, Bagdad, joyau de l'Irak, carrefour du monde, cité des califes et des poètes.

— Es-tu certain que cet endroit sinistre soit

---

1. Autre nom de Bagdad.

Bagdad ? interroge Tahir, qui ne quitte pas du regard le pendu dévoré par les vautours.

— Quelle fumée te noircit la raison ? s'indigne son ami. Ouvre tes yeux, ignorant : à tes pieds, ce fleuve, c'est le Tigre ; en face, cette muraille ronde, c'est la ville fondée par le calife al-Mansour[1] et devant toi, ces longs murs rouges que dépassent les palmiers enferment le palais d'Haroun al-Rachid.

— Traître, tu m'as menti, tu es déjà venu à Bagdad ! » s'exclame Tahir en riant.

Les grands yeux de Daoul s'emplissent de songes.

« J'en ai si longtemps rêvé ! J'ai si souvent écouté les histoires des voyageurs. Veux-tu que je te raconte celle du rubis jeté dans le Tigre ? »

Tahir n'est guère d'humeur à écouter une histoire. Fort à propos, les cors résonnent dans tous les quartiers de la ville pour annoncer l'ouverture des hammams.

« Allons plutôt faire nos ablutions. Je me sens plus poilu qu'un hérisson. »

Quoiqu'on ne puisse encore distinguer un fil blanc d'un fil noir, le son des cors provoque une grande animation. À la lueur des lanternes, les hommes, à pied ou confortablement installés sur leurs mules ou dans leurs gondoles, se rendent aux bains, et déjà les premiers vendeurs ambulants

---

1. Deuxième calife abbasside.

passent en vantant leurs marchandises. Les deux amis trouvent vite un hammam dans cette ville où il y en a plus de mille. Tahir s'arrête perplexe :

« Que vais-je faire de Sarab ?

— Tu n'as qu'à l'attacher à côté des mules, répond Daoul avec négligence.

— Jamais je ne laisserai mon cheval sans surveillance.

— Prends vite une décision car je suis plus pouilleux qu'un buffle. »

Tahir hésite un moment sur la conduite à suivre lorsque apparaît un petit garçon d'une dizaine d'années, à la figure ronde couleur de dattes fraîches, qui porte sur ses épaules deux outres d'eau. Il s'époumone d'une voix aiguë en criant :

« Mon eau, la pure ! La douce ! La délicieuse ! La fraîche ! Mon eau ! Le cristal ! Le diamant ! »

Mais dès qu'il aperçoit Sarab, le porteur d'eau s'arrête, figé d'étonnement. Il dépose son fardeau et, sans prêter la moindre attention à Tahir, s'approche de l'animal. Attentivement, il regarde ses larges sabots, sa queue haute, ses fines oreilles, et touche du doigt avec respect le petit sachet de cuir ouvragé d'or que le cheval porte à son cou et dans lequel est consignée sa généalogie.

« Tu connais les chevaux ? demande Tahir.

— Mon père est palefrenier, répond le petit garçon de sa voix aiguë. Et quand je serai grand, je tiendrai l'étrier du calife.

— Ambition admirable, intervient Daoul. Comment te nomme-t-on ?

— Saïd, fils de Malik, le palefrenier, le Bagdadien. »

Tahir, charmé par l'admiration béate de Saïd, ne doute pas de sa fidélité.

« Peux-tu garder mon cheval, pendant que je vais au hammam ? »

Le petit garçon reste muet de tant d'honneur.

« Ne le confie à personne en mon absence, insiste le cavalier.

— Tes ordres sont sur ma tête et dans mon œil », répond Saïd avec fierté.

Toutefois, pour plus de sûreté, Tahir précise :

« Ne le laisse partir sous aucun prétexte, sinon j'irai te chercher en enfer.

— Qu'Allah me maudisse si je ne garde pas ton cheval. »

*

Dans la première salle du hammam, toute décorée de stucs, des hommes bavardent, assis sur des tapis et des coussins multicolores. Un silence surpris accueille Tahir et Daoul, lorsque sales, poilus, malodorants, ils entrent dans la pièce.

« Étrangers, d'où venez-vous pour avoir si piètre apparence ? demande le propriétaire du hammam.

— Nous avons traversé le désert d'Arabie, explique Tahir.

— Seuls ?

— Oui, seuls, confirme Daoul. Nous sommes arrivés cette nuit. Veux-tu que je te raconte notre histoire ? »

Mais sans laisser au propriétaire le temps de répondre, Tahir, furieux d'être considéré comme un va-nu-pieds, commande avec autorité les soins luxueux auxquels il était habitué à La Mecque.

« Bains, massage, ongles, coiffeur, épilation des aisselles et des jambes, feuilles de jujubier et parfums à l'ambre gris. »

L'assurance de Tahir fait impression sur l'auditoire qui revient à ses conversations ordinaires pendant que des esclaves s'empressent de venir ôter aux nouveaux venus leurs pitoyables vêtements, crasseux et déchirés, et leur donnent des pagnes rouges.

Quelques instants plus tard, dans une salle couverte de grandes dalles noires qui brillent comme les reflets d'un étang, les deux amis se prélassent longuement dans une piscine tiède en se frottant la peau avec des feuilles séchées et pulvérisées de saponaire. C'est alors que Tahir se souvient que les bédouins lui ont pris toute sa fortune.

« Comment allons-nous payer ? » s'inquiète-t-il.

Les yeux mi-clos, Daoul se contente de répondre :

« Ne trouble pas cet instant délicieux. Rends plutôt grâce à Allah tout-puissant qu'au lieu de pourrir dans le désert du Nafud nous jouissions du bonheur le plus parfait. »

Et se sentant pousser les ailes de la poésie, il s'exclame :

« Ô hammam, mon ami, ta douceur est merveilleuse. Bruits d'eau, fraîcheur des bassins, salles d'ombre, odeurs d'encens, je vous adore. »

Tahir ne cesse cependant de tourner et de retourner dans sa tête un problème insoluble : pour avoir de l'argent, il lui faut rendre visite au calife, qui viendra certainement en aide au fils de son ami Omar, le joaillier, le Mecquois. Mais pour se rendre chez le calife, il faut être convenablement vêtu. Et pour être vêtu, il faut avoir de l'argent. La pauvreté lui apparaît soudain comme la plus désolante des situations.

C'est alors que la tenture de la porte se soulève et qu'apparaît un homme mince, de haute taille, qui jette un coup d'œil dans la salle comme s'il cherchait quelqu'un. Lorsque son visage se tourne vers Tahir, celui-ci reconnaît aussitôt les yeux gris d'acier et le profil tranchant de son ennemi.

« Antaki ! » hurle-t-il en bondissant hors de l'eau.

Son pagne rouge dégoulinant d'eau, il se précipite à travers la salle de massage, puis la salle d'entrée, en criant :

« Voleur ! Voleur ! »

Le propriétaire du hammam s'efforce d'arrêter ce garçon furieux, mais celui-ci le repousse brutalement et grimpe les marches qui conduisent à la rue. Sur sa gauche, Antaki s'éloigne vers le quartier du Karkh où se trouve le plus grand souk de Bagdad. Les lourdes portes de fer du souk viennent de s'ouvrir, et acheteurs, marchands, animaux chargés de fruits, de légumes, de viande, de tissus, se pressent dans les cris et les tintements de grelots.

« Voleur ! Lâche ! Traître ! » hurle Tahir en se faufilant à travers la bruyante mêlée.

Ses hurlements attirent les quolibets des passants qui s'étonnent de ce garçon aux trois quarts nu, la tête découverte, qui vocifère comme un insensé.

« Qu'as-tu fait de ton turban ? crie l'un.

— As-tu mangé trop de haschisch ou bu trop de vin ? s'exclame un autre.

— C'est un somnambule. Un noyé de la folie », conclut une femme.

Le surveillant du marché, le *muhtasib,* intrigué par cet attroupement, découvre à son tour la cause du tumulte.

« Qu'on arrête ce garçon », ordonne-t-il.

Les adjoints du surveillant et quelques adolescents amusés par la situation se mettent à pourchasser Tahir en criant :

« Arrêtez-le, arrêtez-le ! »

Tahir, avec une agilité remarquable, saute sur les ânes, se glisse sous les chameaux, lorsque la voix du muezzin se fait entendre :

« *Allah akbar !* Allah est grand ! »

Autour de lui les marchands se rendent vers une petite mosquée dont le minaret dépasse légèrement dans la rue, tandis que les serviteurs qui conduisent les bêtes jettent une natte ou un manteau sur le sol. Tahir, qui n'a rien sous la main, se contente de délimiter avec son doigt un espace sacré et se tourne vers La Mecque.

« J'exprime la ferme intention de faire ma prière », murmure-t-il.

En même temps, il songe que la prière du matin est courte, qu'elle ne comprend que deux prosternations, et qu'il ne doit pas se laisser prendre de vitesse par ses poursuivants.

« Que je ne sois pas l'objet de Ta colère, c'est à Toi seul que nous avons recours. »

Dès que pour la deuxième fois il a touché le sol avec son front, Tahir déguerpit à toutes jambes, passant au-dessus de musulmans plus pieux qui sont encore prosternés. Puis il bifurque dans la première travée de droite. Une main ferme le saisit alors par le bras. Tahir s'apprête à bousculer l'intrus, lorsqu'il rencontre des yeux si profonds et si bons qu'il en reste interdit.

« Le fardeau de tes chagrins m'accable », dit l'inconnu.

C'est un homme d'âge mûr avec une large barbe et un manteau d'un bon tissu bien épais.

« Je ne suis pas un malfaiteur ! s'écrie Tahir.

— Allah seul connaît la vérité », répond l'homme.

Et se tournant vers un marchand qui est en train d'ouvrir les volets de bois de sa boutique, il dit :

« Donne-moi un caleçon, une chemise, une robe, un manteau et un turban pour ce garçon. »

Le marchand fouille dans ses coffres à la recherche des objets désirés, que l'inconnu paie immédiatement.

« Maintenant habille-toi pour ne plus avoir l'air d'un égaré.

— Comment te remercier ? » demande Tahir, confus de tant de générosité.

Une ombre d'amusement passe dans le regard de l'homme :

« J'ai vu ton arrivée dans les étoiles », dit-il.

Et sans s'attarder davantage, il monte sur sa mule couleur d'étourneau et s'éloigne.

Tahir, dorénavant tout à fait présentable, décide de retrouver Daoul et son cheval. Mais il est difficile de sortir du Karkh quand on n'en connaît pas les méandres. Les longs passages sombres bordés de boutiques sont comme un labyrinthe. Et les ouvertures rondes qui éclairent régulièrement les voûtes de brique ne permettent pas de se repérer par rapport au Tigre ou aux murailles des palais.

Tahir est vite perdu. Il traverse le souk des bijoux, se retrouve dans le souk des livres, a le plus grand mal à se faufiler dans le souk des légumes, piétine dans celui de la viande, est incommodé par l'odeur des peaux dans le souk des cordonniers, a la tête qui tourne dans le souk des parfums, et retombe, exaspéré, dans le souk des bijoux. Son cœur s'inquiète d'une lancinante interrogation :

« Qu'est devenu Sarab ? »

*

Sarab est bien gardé car Saïd, à ses pieds, accroupi sur le sol, jette des regards furieux à tous ceux qui s'approchent de l'étalon. Des éclats de voix, cependant, attirent son attention et il se lève pour aller à la porte du hammam. En bas des marches, le propriétaire des bains lève un poing en colère vers Daoul :

« Tu ne partiras pas sans me payer !

— Dois-je te répéter que je t'apporterai dans quelques jours tes trois dirhams[1] puisque je serai bientôt riche.

— Et par quel enchantement tes vêtements mal-

---

1. Monnaie d'argent.

odorants se transformeront-ils en vêtements de soie ?

— Je serai poète à la cour du calife », répond Daoul avec assurance.

Le propriétaire des bains hoche la tête d'un air consterné :

« Des poètes qui veulent appartenir à la cour du calife, il en tombe tous les jours des centaines des terrasses de Bagdad.

— Mais moi, je le deviendrai.

— En attendant, je garde votre cheval, menace le maître du lieu.

— Comme tu voudras, répond tranquillement Daoul. Mais permets-moi d'abord de raconter une histoire à ceux qui se reposent ici. Si l'histoire leur plaît, alors laisse-moi partir avec l'étalon. »

Le propriétaire du hammam paraît hésiter un moment. Puis, songeant qu'une histoire est toujours bonne à entendre :

« Raconte toujours. On discutera plus tard. »

En entendant ces propos, Saïd ouvre des yeux épouvantés. Puis il réfléchit un moment et conclut :

« Un petit garçon intelligent vaut mieux qu'un grand garçon de quinze ans sans cervelle. Celui-ci ne connaît rien aux mœurs de la capitale tandis que je sais bien qu'après son histoire, le propriétaire du hammam lui prendra le cheval. »

Souriant de sa malice, il détache l'animal, charge

ses outres d'eau et s'éloigne discrètement pendant que Daoul improvise un récit sur le génie du tourbillon.

Une fois à l'abri dans la foule du Karkh, il s'approche d'un écrivain public.

« Écris : "J'ai mené le cheval au souk, dans le khan[1] des épices. Saïd."

— C'est tout ? demande l'écrivain.

— Oui. Peux-tu porter le message à un poète aux boucles dorées qui raconte une histoire au hammam de Nour ? »

Et fouillant dans sa manche, il tire les piécettes qu'il a gagnées le matin même et les donne à l'écrivain.

*

Dans le souk des épices, Saïd a du mal à avancer. Des crieurs publics partent de tous côtés en s'égosillant :

« La caravane de Médine vient d'arriver ! Épices du Yémen, épices d'Afrique, épices d'Orient... »

Les chameaux font des embouteillages. L'un vient de renverser avec son chargement l'étalage d'un boutiquier. Ce dernier, furieux, apostrophe le conducteur du chameau :

« Tu n'as pas le droit de faire des chargements

_____
1. Caravansérail. Khan se prononce « khane ».

aussi larges ! Tu ne respectes pas le règlement ! Je vais appeler le surveillant du marché.

— Ne t'énerve pas comme cela, répond le conducteur du chameau. Plains-toi au chef de la caravane. Moi, j'obéis aux ordres.

— Qu'Allah vous maudisse tous ! » réplique le boutiquier.

Les acheteurs se pressent pour apprécier la nouvelle marchandise. Se frayant avec peine un chemin, Saïd arrive à franchir la grande porte de cuivre du khan des épices. Dans la cour carrée, les peseurs de pièces d'or et d'argent ont installé leurs balances sur le sol. Partout on décharge des sacs, on en remplit d'autres, pendant que les bêtes assoiffées s'abreuvent au bassin central. Dans tout ce tumulte, Saïd traverse la cour sans se faire remarquer et conduit Sarab dans le coin le plus sombre des écuries.

Puis il se rend près d'un palefrenier et lui tire la manche. L'homme se retourne vivement, l'air contrarié :

« Que fais-tu ici, fils, au lieu de vendre ton eau ? Crois-tu que je puisse nourrir un bon à rien ? »

Saïd regarde son père d'un air implorant :

« Viens voir. »

Le palefrenier se laisse faire en maugréant :

« Quelle tristesse ! Qu'ai-je fait à Allah pour avoir comme fils un fainéant ! »

Dès qu'il aperçoit le pur-sang, le père de Saïd devient blanc comme la camomille poussée en terre grasse.

« Où as-tu pris ce magnifique cheval ? Allah très-haut, mon fils est un voleur ! s'exclame-t-il en se frappant la figure et en déchirant ses vêtements. Ignores-tu que, lorsqu'on aura découvert ton méfait, on te coupera la main ?

— Cesse de me quereller et de me harceler de paroles. Je n'ai pas volé.

— Tu le jures ?

— Je le jure sur l'honneur. »

Le palefrenier retrouve son calme et, ne pouvant résister au plaisir de voir une si belle bête, lui flatte l'encolure.

« Il a soif. »

Saïd aussitôt tend au cheval un seau de bois rempli d'eau. Mais Sarab effleure l'eau fraîche et relève le museau d'un air dégoûté.

« Il est peut-être malade, constate le palefrenier, soucieux.

— J'ai entendu dire que certains chevaux de race sont habitués à boire de l'eau de rose.

— De l'eau de rose ! Mais sais-tu combien cela coûte ? »

Puis, regardant avec attendrissement le splendide animal, le palefrenier ajoute :

« Va voir l'oncle au souk des parfums. Demande-lui un peu d'eau de rose et dis-lui que je lui apporterai demain des épices. »

*

En sortant du Karkh, Tahir respire profondément. Le grand air lui paraît délicieux après l'atmosphère lourde des souks. Il fait encore froid malgré le soleil qui monte dans le ciel. À ses pieds passe un canal chargé de barques et de gondoles. Plus loin, après de vastes jardins, se dressent les murs aveugles de la Ville ronde. Il peut en distinguer les briques carrées, les coupoles vertes au-dessus des portes, et le grand dôme central que surmonte un cavalier, sa lance brandie vers Byzance, l'ennemi héréditaire.

« Je vais contourner la Ville ronde pour rejoindre le fleuve. Ensuite, ce sera facile de retrouver le hammam. »

Tahir traverse deux canaux sur des ponts de bois jusqu'au canal Sarat, qui coule près de la ville bâtie par al-Mansour. Il se dirige ensuite vers le Tigre. Sur le pont central, le pendu tournoie toujours pitoyablement.

« Qui est-ce ? demande Tahir à un passant.

— C'était le secrétaire du Trésor. Il volait de l'argent au calife. »

Mais Tahir n'a pas le temps de se renseigner davantage car éclatent, non loin de lui, le son des trompettes et les cris des crieurs à cheval. Aussitôt

surgissent de splendides cavaliers vêtus d'une tunique noire, d'un béret noir, d'un pantalon noir et de bottes de cuir. Derrière eux, d'autres brandissent des étendards noirs sur lesquels est écrit en broderies d'or : « Il n'y a de divinité qu'Allah, et Mahomet est l'Envoyé d'Allah. » Puis arrive au petit trot, l'épée nue, la massue à l'épaule, la garde personnelle du calife. Le préfet de police tient la lance qui symbolise l'autorité du successeur du Prophète.

Autour de Tahir, les gens se taisent et se prosternent. Le garçon les imite tandis que son cœur bat fort dans sa poitrine. Car devant lui, sur un cheval étincelant de dorures, drapé dans son manteau noir, grand, élégant, gracieux, le teint pâle sous son haut bonnet noir, Haroun al-Rachid jette sur ses sujets le regard calme du maître de l'univers.

Les yeux rivés au commandeur des Croyants, Tahir suit le prestigieux cortège jusqu'à la ville royale. Là, les cavaliers descendent tous de leurs chevaux car personne, hormis le successeur du Prophète, n'a le droit de pénétrer dans le palais sur une monture. Puis les lourdes portes d'ébène se referment sur la suite du calife. Et Tahir se met à rêver. Il est impatient d'appartenir à cette garde d'élite, d'entrer lui aussi dans le palais, d'approcher la splendeur de l'émir des croyants. Oui, bientôt, dans quelques jours à peine, dès qu'il aura parlé au calife, tout cela se réalisera. En attendant, il faut retrouver Daoul et Sarab.

*

Le soir, Tahir, Daoul et Saïd sont réunis dans le khan des épices. Tout en mangeant quelques dattes, ils discutent dans la cour du khan, assis sur une natte, près de l'écurie. C'est l'heure de la fermeture des souks. Le veilleur de nuit, un Turc aux cuisses de chameau, ferme la porte du caravansérail avec de grosses chaînes. Puis il va chercher, dans les caves où ils sont enfermés pendant le jour, les chiens du Ghouristan qui aboient furieusement. Malik, le palefrenier, paraît préoccupé par l'arrivée soudaine des amis de son fils.

« Je peux vous héberger ici pendant trois jours, le temps de l'hospitalité arabe. Mais après, il vous faudra trouver un logement... et de l'argent.

— Moi, j'irai voir la fille du bossu, Constantine, pour lui demander de l'eau de rose, s'exclame Saïd. L'oncle en a donné très peu. Il est tellement avare.

— N'insulte pas mon frère, insolent », dit le palefrenier.

Puis il répète d'un air dubitatif :

« Constantine ! Crois-tu seulement qu'elle se souviendra de toi, depuis qu'elle a quitté le souk pour travailler chez Zobeida ! »

Et il se tourne vers Daoul :

75

« Que sais-tu faire ?

— Des poèmes.

— Alors tu sais écrire. Tu pourras t'installer comme écrivain public dans la cour d'une mosquée. Quant à toi, le cavalier, tu as l'air vigoureux, tu pourras aller casser la glace. »

Tahir n'apprécie pas les recommandations de Malik.

« Pourquoi t'inquiètes-tu comme cela, père de Saïd ? Il suffira que je parle au calife et que je lui dise que je suis le fils d'Omar le joaillier, le Mecquois, pour qu'il nous vienne en aide. Dis-moi plutôt quels sont ses jours d'audience.

— Le lundi et le jeudi.

— Alors demain lundi, nous aurons de l'argent. »

Malik se tire la barbe d'un air incrédule. Et, très troublé par les émotions de la journée, il se dirige vers l'escalier qui conduit au premier étage où se trouvent les dortoirs.

Les trois garçons restent silencieux. Chacun perdu dans son rêve. Tahir songe au calife et au rubis volé. Daoul songe à sa gloire et à Abda disparue dans le désert. Saïd se demande comment il pourra réussir à parler à Constantine. Et sur leurs songes tombe lentement la douce aile de la nuit.

4

Rencontres imprévues

Le lundi matin, en sortant de la salle commune du hammam où vont les pauvres gens, les trois amis achètent à un marchand ambulant une galette de pain qu'ils trouvent bien noire et sèche.

« Ce soir, quand tu auras vu le calife, nous mangerons du poulet frit au coriandre, dit Daoul.

— Avec du cumin et des feuilles de menthe, ajoute Tahir.

— Et un soupçon de citron », conclut le poète en riant.

Saïd, peu habitué à ces extravagances et surtout inquiet du déroulement de la journée, répète :

« On se retrouve dans la mosquée d'al-Mansour. Vous saurez la trouver ? Elle est au milieu de la Ville ronde, à côté de l'ancien palais du calife. »

Daoul s'esclaffe :

« Allah très haut, cet enfant nous prend pour des sots ! »

Puis il s'incline et quitte ses compagnons en disant :

« Bénie soit l'heure qui nous réunira. »

*

Se sachant en avance, Tahir regarde attentivement les longs murs aveugles ponctués de grosses tours du palais de l'Éternité.

« On dirait une forteresse », songe-t-il.

Mais dans son cœur, il se réjouit que le calife soit ainsi préservé loin des curieux, inaccessible et splendide dans un palais qui est presque une ville.

Son plaisir cependant fait place à l'inquiétude lorsqu'il aperçoit, sur la grande esplanade qui s'étend devant le palais, toute une foule de gens qui se rendent à l'audience. Les pauvres ont mis leurs habits les plus reluisants. Les riches, encore assis sur leurs mules, discutent avec véhémence. Mais les uns comme les autres sont vivement rabroués par les gardes chargés du maintien de l'ordre. Ceux-ci séparent les quémandeurs des amis et serviteurs qui les ont accompagnés. Parmi tant de monde, et tant de monde inconnu, Tahir se sent soudain minuscule. Habitué à être populaire et admiré de tous, il se trouve désarmé par son anonymat. Qui dans cette ville immense s'intéresse au fils d'Omar, un joaillier de La Mecque ? Qui peut lui faire confiance et croire à son histoire de rubis volé ? Décidément, seul le calife qui attend ce rubis et qui connaît son père peut lui venir en aide. Mais, malgré son insolence coutumière, le garçon se sent intimidé à la perspective de sa prochaine audience.

Les portes du palais s'ouvrent enfin. Les solliciteurs sont conduits dans une avant-cour, franchissent un autre portail monumental, puis une première cour, une deuxième cour, empruntent un long couloir et arrivent enfin dans une salle de réception.

Là, le chambellan, qui porte des habits noirs comme tous les fonctionnaires du palais, répartit les visiteurs : à droite les musulmans, à gauche ceux appartenant à une autre religion. Tahir s'assied donc à droite et examine attentivement l'homme qui organise les audiences du calife. Il est plutôt vilain, avec un gros nez, une peau criblée de trous, les yeux enfoncés sous de gros sourcils. Attiré par le regard insistant du garçon, le chambellan le fixe un moment et se trouble. Discrètement il quitte la salle de réception, se réfugie dans une petite pièce voisine et tire de sa manche un papier qu'il déplie pour relire :

– « Empêche par tous les moyens un garçon nommé Tahir, fils d'Omar, le joaillier, le Mecquois, de parler au calife. Il a quinze ans et il est facilement reconnaissable à son grain de beauté sur le nez. Il risque de nuire à nos projets. Antaki. »

« Il n'y a aucun doute. C'est lui », conclut le chambellan.

Assis les jambes croisées, Tahir attend patiemment. Les tapis sont épais, de grandes tentures brodées de fils d'or et d'argent pendent aux murs. Le quatrième côté de la pièce est entièrement ouvert sur une cour. De l'autre côté de cette cour se trouve la salle d'audience du calife. Elle est cachée aux regards par un large rideau noir.

L'audience commence. Tahir voit le chambellan accompagner un solliciteur jusqu'au rideau. Puis un esclave spécialisé, le préposé au rideau, soulève alors la tenture de velours noir qui retombe dès que le visiteur a pénétré dans la salle d'audience.

Le temps passe. Tahir se répète les recommandations de son père : saluer le commandeur des Croyants au bord du tapis, ne pas parler avant qu'il vous adresse la parole, ne jamais le quitter des yeux en tournant la tête... puis il s'étonne. Tous les visiteurs musulmans ont déjà été introduits.

« Je suis arrivé depuis longtemps, dit Tahir au chambellan.

— Je le sais, répond le gros homme avec un air ironique. Tu es jeune, tu peux attendre. »

À la fin de la matinée, Tahir se retrouve tout seul dans la salle de réception. Aussi, dès que le dernier des clients revient de l'audience, Tahir bondit sur ses jambes. Mais à sa stupeur, il voit le chambellan tirer les portes qui ferment l'accès à la cour.

« Et moi ? crie-t-il. Je n'ai pas été reçu. »

Le chambellan prend un air pressé.

« C'est trop tard. C'est l'heure de la prière de midi. »

En effet, les voix des muezzins de toutes les mosquées lancent l'appel à la prière.

« Traître, tu l'as fait exprès ! s'exclame Tahir en s'approchant du chambellan les poings serrés. Tu as fait traîner les audiences pour m'empêcher d'entrer, chien, fils de chien, visage de goudron ! »

Mais le chambellan recule jusqu'à la porte pour crier :

« À l'aide ! Un malfaiteur est entré dans le palais ! »

Aussitôt, de tous côtés, des esclaves arrivent avec des fouets aux lanières tressées en fibres de palmier qui tombent à grands coups sur le dos du garçon au grain de beauté.

Tahir, convaincu que son unique chance est de parler au calife, hurle pour se faire entendre :

« Commandeur des Croyants, au secours ! On se

moque de toi, on te bafoue, on te trompe. Commandeur des Croyants, écoute-moi ! »

Le chambellan n'apprécie guère ce tumulte.

« Emmenez-le vite et jetez-le hors du palais »,
ordonne-t-il aux esclaves.

Ceux-ci s'empressent de saisir Tahir qui se débat
énergiquement. C'est alors qu'on entend une voix
grave :

« D'où viennent ces bruits qui troublent l'heure
bénie de la prière ? »

L'homme qui vient d'entrer a un visage énergique
et loyal. Il porte à la ceinture un long glaive qui brille
sur ses habits noirs. Il s'approche de Tahir pendant
que le chambellan lui donne sa version des faits :

« Vois-tu, Massrour, cet insolent, qui se permet de
m'insulter, et qui, à travers moi, insulte l'émir des
Croyants. C'est un garçon dangereux. »

Massrour, le porte-glaive du calife, jette un coup
d'œil sur Tahir que les esclaves tiennent en l'air par
les mains et les pieds. Le garçon a du mal à parler
et Massrour distingue avec peine :

« ... honneur des Arabes... rubis... on trompe...
calife.

— Un malotru qui a perdu l'esprit », s'empresse
de commenter le chambellan.

Massrour paraît intrigué par la situation.

« Reviens à l'audience de jeudi », dit-il à Tahir.

Puis il se tourne vers le chambellan :

« Et toi, ce jour-là, fais-le entrer immédiate-ment. »

*

Pendant ce temps, non loin de là, Saïd fait les cent pas devant le palais de l'Étang, la demeure de Zobeida. D'innombrables questions se bousculent dans sa tête. Le laissera-t-on entrer dans le harem le plus prestigieux de la ville ? Et dans le cas où on le laisse entrer, étant donné son jeune âge, arrivera-t-il à parler à Constantine ? Se souviendra-t-elle de lui ? Car bien de l'eau est passée sous les ponts du Tigre depuis que la fille du bossu lui donnait des bonbons au miel dans le khan des épices. Elle est devenue grande et en même temps si belle et si charmante que Zobeida l'a achetée pour son service. Saïd, devant toutes ces difficultés, s'apprête à renoncer à son projet, lorsque l'image de Sarab qui attend son eau de rose lui revient à l'esprit. Alors, serrant les poings, il fonce vers la porte d'entrée.

« Je viens voir Constantine.

— Elle est de ta famille ? » demande un garde.

Saïd hoche la tête d'une manière incertaine. Heureusement, le garde se contente de cette énigmatique réponse. Il conduit le jeune garçon dans la première cour, auprès d'un eunuque chinois chargé d'accueillir les visiteurs.

« Viens avec moi, dit-il. Je vais te conduire au grand eunuque. »

Saïd ouvre des yeux ronds devant la quantité invraisemblable de jeunes filles qui bourdonnent dans les cours, dans les jardins, dans les salles. Jamais il n'a vu tant de visages dévoilés. Les suivant du regard, fronçant les sourcils pour mieux examiner leurs figures, il cherche à reconnaître, parmi ces centaines de bouches, d'yeux, de cheveux, les traits de Constantine.

Enfin l'eunuque chinois s'arrête dans une large pièce agréablement réchauffée par deux braseros d'argent. Tout est d'un luxe inouï : tapis d'Arménie, coussins brodés d'or, tentures tissées de perles, vases d'or remplis de roses blanches de Damas. Au fond tombe une grande tenture de velours rouge.

Le grand eunuque est un énorme Noir, dont le gros ventre éclate dans sa robe de soie verte. Il porte un somptueux turban assorti à son manteau, et, assis sur des coussins, boit un sorbet avec ennui.

« Te voilà enfin », dit-il au Chinois en prenant à côté de lui un jeu d'échecs qu'il pose devant ses jambes.

L'eunuque chinois accourt aussitôt, s'installe et commence la partie.

Saïd, resté debout à l'entrée de la salle, soupire et attend. Pour tromper son impatience, il écoute les esclaves qui psalmodient le Coran tout le long du jour et de la nuit. Ensuite, il cherche à identifier les parfums qui sortent des cassolettes d'or : benjoin, encens, fleurs d'oranger, aloès, ambre gris, musc... Enfin, il se met à tousser pour attirer l'attention des deux joueurs. Mais en vain.

Exaspéré par cette longue attente, Saïd finit par s'approcher des eunuques qui continuent à l'ignorer. Gauche et intimidé, Saïd regarde la partie. Soudain, lorsque le grand eunuque s'apprête à poser son pion, il s'écrie :

« Non, pas ça ! »

Le grand eunuque lève vers lui son large visage paisible :

« Que jouerais-tu, petit ?

— L'éléphant. »

L'eunuque se tire la barbe.

« L'éléphant... l'éléphant... », grommelle-t-il.

Puis il s'exclame :

« L'éléphant, bien sûr. J'allais y penser... »

Avec l'éléphant, le grand eunuque prend la reine de son adversaire et a vite fait d'obtenir échec et mat...

Saïd voit enfin arriver la fin de sa longue attente.

« Je suis venu parler à Constantine », dit-il timidement.

Le grand eunuque se tourne vers lui avec un sourire large comme un croissant de lune.

« Où as-tu appris à jouer aux échecs, petit ?

— À la mosquée.

— Au lieu d'apprendre à lire et à écrire, c'est bien cela ?

— Oui, avoue Saïd en baissant la tête.

— Tu as bien fait. Des gens qui savent lire et écrire, il y en a partout dans les rues. Les échecs, c'est plus difficile. Installe-toi et joue. »

Le grand eunuque a beau avoir l'accent doux et chantant des Africains, son ton est plus un ordre qu'une invitation.

« Mais je suis venu pour parler à Constantine, insiste cependant Saïd.

— Plus tard... plus tard... Installe-toi... »

Le grand eunuque est enchanté d'avoir un partenaire aussi brillant. Saïd est de plus en plus malheureux. À la cinquième partie, il se met à jouer n'importe comment. À la septième partie, le grand eunuque tonne de colère :

« Par Allah, tu fais exprès de jouer de plus en plus mal !

— Je joue très bien, gémit Saïd au bord des larmes.

— Tu mens. Quand tu joues bien, tu gagnes. »

À la fin de la huitième partie, Saïd éclate en sanglots :

« J'en ai assez. Je ne veux plus jouer. Je suis venu parler à Constantine. »

Le grand eunuque paraît ahuri de ce désespoir soudain.

« Que lui veux-tu, petit, à Constantine ?

— Je veux qu'elle me donne de l'eau de rose pour Sarab », bafouille Saïd entre deux sanglots.

Le grand eunuque se frappe le ventre avec ses mains.

« Pauvre petit, Constantine s'occupe des bijoux, pas des parfums. »

Devant tant d'absurdité, Saïd ne retient pas ses larmes qui dévalent le long de ses bonnes joues rondes, et balbutie :

« C'est pour Sarab... à cause du rubis, du rubis pour Zobeida. »

Et, écrasé de chagrin, il s'enfuit à toutes jambes en saisissant le pan de sa robe entre ses dents pour courir plus vite.

Le grand eunuque, perplexe, se tire plusieurs fois la barbe, lorsqu'une voix claire et autoritaire surgit de derrière le rideau :

« Fais venir l'enfant. »

Le grand eunuque se hisse difficilement sur ses jambes devant la voix de Zobeida et avoue :

« Il s'est enfui. Veux-tu que j'aille le chercher ? »

La voix a un léger rire de cristal :

« Comment le rattraperas-tu ! Tu es lourd comme un hippopotame ! Mais va chercher Constantine et dis-lui de me rejoindre aussitôt. »

Daoul n'est guère pressé de se rendre à la mosquée pour jouer les écrivains publics. Tenant sous son bras l'écritoire que Malik a empruntée pour lui, il traîne dans les souks. Longtemps il s'attarde devant les boutiques de vêtements de luxe pour choisir ceux qu'il s'offrira demain, après-demain au plus tard, ne doutant pas que la fortune l'attende au coin de la rue. Grisé par la richesse, les odeurs, la foule de la capitale de l'Islam, il ne remarque même pas les femmes voilées qui se retournent sur son passage et murmurent devant sa beauté.

Dès que le soleil chasse le froid de la nuit, il s'en va faire un petit tour près du Tigre. Puis, repoussant encore le moment de se mettre au travail, il traverse le pont de bateaux et traîne à travers les jardins et autour des palais du quartier de Rusafah. Soudain, sa raison s'envole de joie. Malgré les cris des bateliers et des conducteurs de caravane, malgré le tumulte matinal des oiseaux, il perçoit une voix si douce qu'il s'arrête sur un pied pour l'écouter, en extase.

« Abda ! s'écrie-t-il. Abda est vivante. »

L'oreille aux aguets, guidé par la seule mélodie, Daoul s'avance comme un automate vers la source du chant. Il arrive bientôt devant une belle demeure qui donne sur le Tigre. La maison est vaste et des murs aveugles enferment des cours et un jardin jusqu'à une ruelle parallèle au fleuve. Abda lance toujours vers le ciel des notes claires lorsqu'une idée affreuse traverse l'esprit du poète :

« Pourvu qu'elle ne soit pas mariée à un riche marchand ! »

Sur le seuil, un homme autoritaire apparaît et fait signe à un esclave :

« Amène ma mule ! »

Pendant que le petit esclave disparaît dans l'écurie, Daoul s'approche de l'homme.

« La paix sur toi !

— Sur toi la paix !

— Je viens d'arriver dans la capitale de l'Islam et je découvre avec enchantement une maison aussi remarquable.

— Elle est à moi, al-Mataf, l'homme du Khuristan, le maître du Pavillon des Délices.

— Qu'est-ce que le Pavillon des Délices ?

— C'est ici, c'est ma maison. La meilleure maison d'esclaves chanteuses de la capitale. »

Daoul se sent à la limite de la joie en sachant que sa bien-aimée est encore libre.

« Laisse-moi entrer et parler à la chanteuse qui vient de Médine.

— Abda ? s'étonne al-Mataf.

— Son nom sonne dans mon cœur comme le

bruit du vent sur l'eau du fleuve. Je dois lui parler immédiatement. »

Al-Mataf lui jette un regard méprisant.

« Ici on ne reçoit pas les gueux. »

Daoul se redresse avec fierté.

« Ô toi qui m'insultes, sais-tu que bientôt, pour quelques vers seulement, on me paiera cent dinars d'or ?

— Sais-tu qu'en attendant, troubadour famélique, je ne voudrais pas de ton turban pour frotter mes sandales ?

— Sais-tu, ô figure ratatinée comme le tablier d'un savetier, barbe calamiteuse, tête branlante...

— Comment oses-tu ? » s'empourpre al-Mataf qui frappe vigoureusement dans ses mains.

Sur-le-champ arrivent une dizaine d'esclaves tenant des tiges de mûrier qu'ils brandissent pour fouetter Daoul. Prudemment celui-ci s'éloigne à reculons, tout en continuant à apostropher son interlocuteur :

« Cul de singe ! Je te crache au visage ! Je te pisse sur la tête ! »

Mais déjà, l'arrivée bruyante d'une caravane arrête les invectives.

*

Daoul se dirige vers la Ville ronde pour apprendre au plus vite à ses amis la prodigieuse nouvelle de la présence d'Abda dans la capitale. Il rejoint rapidement la porte du Khorassan dont le bastion est surmonté d'un dôme vert. Daoul franchit le fossé qui entoure la ville, pénètre sous le bastion du premier rempart, traverse une cour, franchit la porte du deuxième rempart, traverse à nouveau une cour et un corridor, passe enfin sous le troisième rempart. Sur l'esplanade centrale, les maisons des fonctionnaires sont régulièrement alignées autour d'une rue bien droite. Au centre, enfin, apparaissent le palais de la porte d'or et la mosquée d'al-Mansour.

Sous le soleil de midi, la cour de la mosquée grouille de monde. À la recherche de ses amis, Daoul s'avance entre les corps qui somnolent sur le sol, les joueurs d'échecs, les enfants qui entourent à grands cris un avaleur de sabre, les groupes qui discutent avec entrain. Dans un coin sous les arcades, il découvre enfin Tahir et Saïd, qui ont un air sinistre.

« Impossible de lui parler, gémit Saïd.

— Qui t'en a empêché ? demande Daoul.

— Le chambellan, répond Tahir.

— Le grand eunuque, pleurniche Saïd.

— Al-Mataf, avoue Daoul.

— Je devine un complot, une trahison, explique Tahir.

— Je devine qu'elle a des cheveux noirs comme

l'aile de la nuit, le teint blanc comme une amande décortiquée.

— Mais de quoi parles-tu ? s'impatiente Tahir.

— Du feu de mon cœur, de la lumière de mon œil, de la beauté incomparable. Abda est vivante, mes amis, et resplendit dans la Ville de la paix comme le diamant d'une bague. »

Tahir s'indigne :

« Un traître m'empêche de parler au calife, nous n'avons plus un sou, et tu me parles d'amour ! »

Daoul prend l'air outré :

« Ne parle pas de l'amour comme d'un crottin de chameau. Ignores-tu que rien, hormis la gloire d'Allah, ne lui est supérieur ?

— Je n'ignore pas que nous sommes dans le plus noir pétrin. »

Puis Tahir s'exclame :

« Le voilà, l'infâme.

— De qui parles-tu ? s'étonne Daoul.

— Du chambellan. Celui qui m'a empêché de voir Haroun al-Rachid. »

Daoul regarde passer le secrétaire de la salle d'audience. Un éclair de malice s'allume dans ses yeux.

« Je vais te venger », dit-il.

Et dès qu'il aperçoit le chambellan au milieu de la foule la plus dense, il se précipite vers lui et le salue en clamant de toutes ses forces :

« Bonnes gens de Bagdad, qui a une tête en forme de concombre, un nez comme une grosse aubergine, des joues tremblantes comme les mamelles d'une chamelle et qui effraie les poules dans un poulailler ?

— Le chambellan ! le chambellan, répondent les enfants enchantés.

— Continue ta satire ! » crie un homme.

Daoul, absolument ravi de son succès, déclame de plus belle :

« Face fripée, ventre rebondi comme un sac de paille, derrière de vieux singe, peau plus dure que les fibres d'un palmier... »

L'appel à la prière stoppe Daoul dans son inspiration. Tous se dirigent alors vers la salle de la mosquée en enlevant leurs sandales. Saïd, ébloui par la verve de son ami, lui chuchote à l'oreille :

« Tu parles aussi bien que Mahomet dans le Coran. »

Daoul susurre à son tour :

« Ignorant ! Ce n'est pas Mahomet qui parle dans le Coran, mais Allah très sage. »

Saïd pique du nez de honte et rejoint en silence les longues files d'hommes qui se forment face au mur *kibla*[1]. Devant le *mirhab*[2], l'alcôve décorée de mosaïque, le chef de la prière entame la première sourate.

---

1. Qui indique la direction de La Mecque.
2. Niche dans le mur *kibla*.

Après la prière de l'après-midi, il ne reste plus dans la pénombre de la grande salle que des hommes qui dorment ou bavardent à voix basse. Dos de Chameau, ainsi surnommé à cause de sa bosse, reprend sa longue aiguille d'acier, son fil de chanvre, et commence à recoudre les grands tapis qui recouvrent le sol de la mosquée. Un filet de lumière éclaire le durillon qu'il porte au milieu du front à force de faire des prosternations. Lorsqu'il relève enfin la tête, son maigre visage s'illumine d'un sourire resplendissant.

Devant la porte se tient une jeune fille dont les yeux regardent de tous côtés ; elle a visiblement une autre raison qu'Allah d'être dans la mosquée. Elle s'approche du bossu en tenant sur son visage un grand voile bleu.

« La paix sur toi, père.

— Constantine, ma fille, qu'Allah bénisse ta venue. Cela fait si longtemps que je ne t'ai vue.

— J'ai beaucoup à faire avec les bijoux de Zobeida.

— Est-ce une raison pour oublier ton père ?

— Peux-tu me rendre un service ?

— Je ferai n'importe quoi pour toi. »

D'un regard vif, Constantine s'assure que personne ne l'écoute.

« Voilà, je veux que toi qui, ici, vois tout et entends tout, tu dises à Saïd, le fils du palefrenier du khan des épices, de venir immédiatement me voir.

— Pourquoi ne te rends-tu pas toi-même chez Malik ?

— Je dois être très prudente. Il s'agit d'un rubis, d'un rubis aussi gros que celui du calife, qu'il a promis à ma maîtresse. Aussi je te demande de surveiller Saïd et tous ceux qu'il fréquente.

— Tes désirs sont des ordres. »

Comme Constantine se relève aussitôt, il ajoute avec tristesse :

« Tu pars déjà ? N'as-tu pas le temps de manger un yaourt à la menthe avec moi ?

— On m'attend. Je suis très pressée.

— Quand te reverrai-je ?

— Fais ce que je te dis et je reviendrai souvent. »

Et de son pas léger Constantine se dirige vers la cour. Dos de Chameau suit d'un regard ébloui la fine silhouette bleue, qui, dans l'encadrement de la porte, étincelle dans les rayons du soleil.

5

Conversation sur l'Euphrate

Ce soir-là, après la fermeture des souks, dans la cour du khan des épices qu'éclairent faiblement quelques lanternes, Malik écoute, consterné, le récit des pitoyables aventures des trois amis.

« Quelle infortune ! Quel tourment ! Un fils qui ne fait plus rien et qui ramène deux étrangers frivoles.

— Frivoles ? s'étonne Tahir.

— Oui, frivoles. L'un, tout plein de bonnes paroles sur la prétendue amitié du calife, l'autre qui parle de dinars d'or qui pleuvraient du ciel dès qu'il ouvre la bouche. Et quel est le résultat ? Deux misérables chassés de partout.

— Attends un peu qu'apparaisse la face du destin, suggère Daoul.

— Je sais ce que je dis, répète le palefrenier, buté. Vous ne savez qu'insulter les hauts fonctionnaires respectés de tous, et vous faire jeter hors des palais. Maudite soit l'heure où vous êtes venus sous mon toit ! »

Saïd prend une voix suppliante :

« Ce sont nos hôtes, ô père ! Entre nous il y a eu le pain et le sel ! »

Ce rappel aux devoirs de l'hospitalité adoucit la colère du palefrenier.

« Quels sont tes conseils ? demande Tahir sagement.

— Cette nuit, tu iras casser la glace pour gagner un peu d'argent.

— Comment ferai-je ?

— Tu te dirigeras vers le sud de la ville jusqu'à la porte des Moulins. Après, sur la droite, tu verras d'immenses bassins dont l'eau gelée brille comme des pièces d'argent. Tu diras que tu viens de ma part, on t'embauchera tout de suite. »

Tahir se lève aussitôt pour demander au Turc aux cuisses de chameau qui fait le veilleur de nuit de lui ouvrir la porte.

« Connais-tu le mot de passe pour sortir des souks ? demande ce géant.

— Non.

— Ce soir, c'est "la farine et les dattes". »

Daoul, aussitôt, se lève pour partir.

« Où vas-tu ? interroge Saïd.

— Voir Abda. »

Le palefrenier se remet à gémir et à se frapper la figure avec ses babouches.

« Mais comment feras-tu, pauvre et misérable comme tu es, pour entrer dans le Pavillon des Délices ? Veux-tu te faire fouetter par les esclaves ?

— Ne t'inquiète pas pour moi. Cette nuit, je passerai par les terrasses !

— Allah très haut ! Allah très grand ! Quelle folie ! Ignores-tu qu'un étranger qui entre dans un harem a la tête coupée ? Ta raison s'est-elle envolée ?

— Tu l'as dit. Ma pauvre raison s'est envolée et ne reviendra qu'avec Abda. Ne comprends-tu pas que son absence me torture et que, si je ne retenais pas mes larmes, leurs ruisseaux rempliraient ta cour. »

Malik a un grand geste découragé. Puis il se tourne vers Saïd :

« Toi, mon fils, je t'ordonne de rester ici et t'interdis de suivre ces égarés. Dès demain, tu retourneras vendre de l'eau. »

*

Sur l'autre rive du fleuve, Daoul retrouve sans peine le Pavillon des Délices, dont les belles lanternes de cuivre retiennent l'attention des passants. Un esclave surveille l'entrée. Daoul attend un moment avec l'espoir de le voir s'en aller pour pénétrer subrepticement à l'intérieur. Mais l'esclave reste là. Il est vite rejoint par quatre autres compagnons qui tiennent des trompettes et des flûtes et se mettent à jouer un air triomphal. Daoul se dissimule derrière le tronc d'un cyprès et voit accoster en face de la maison une gondole illuminée et couverte de coussins brodés. Aussitôt, al-Mataf apparaît sur le seuil et s'incline devant le visiteur qui vient de poser son pied sur la terre ferme.

« Que Ta Seigneurie, dans l'éclat de sa générosité, veuille bien honorer notre humble demeure », dit le maître du Pavillon des Délices.

Le visiteur sort de sa manche une bourse qu'il donne à son hôte et s'avance vers la maison. C'est alors qu'à la lumière des lanternes, le cœur tremblant de colère, Daoul reconnaît le chambellan.

« Que fait ici cette face de concombre ? » se dit-il.

Pour en savoir davantage, il suit le long mur aveugle et arrive, de l'autre côté de la demeure des esclaves chanteuses, dans une petite ruelle. Elle est très sombre. Son unique lanterne est éteinte. Daoul examine les murs. Aucune fenêtre, aucun rebord ne permet de s'agripper.

« Comment vais-je monter ? » se demande-t-il.

Enfin une idée lui traverse l'esprit :

« Le mât, voilà la solution. »

En effet, le mât qui porte la lanterne éteinte est planté juste devant le pavillon. Il est facile au poète d'y grimper puis de sauter sur le mur. Devant lui s'étend un jardin autour d'un magnifique cèdre. Glissant comme un fantôme sur les murs, il traverse le quartier des femmes, plein de chants et de rires, puis celui des cuisines qui sentent les aromates, la viande grillée et le caramel. Enfin il atteint le quartier des hôtes.

La cour est agrémentée de cyprès, de massifs et d'un bassin couvert de lotus. Des esclaves ne cessent d'aller et de venir, apportant de l'eau, du vin, des aiguières d'or pour se laver les mains et des plats délicieux. Choisissant un recoin obscur, Daoul se laisse glisser sur le sol et se faufile vers la salle de réception.

Comme les vitres des fenêtres ne sont pas transparentes, il se cache dans un massif d'arbustes qui se trouve près de la porte. Chaque fois qu'elle s'entrouvre pour laisser passer un serviteur, il reçoit une bonne bouffée d'air chaud et parfumé et penche la tête pour examiner la pièce.

À l'intérieur, autour d'une nappe tendue sur le

sol, couverte de vaisselle somptueuse et de mets délicats, cinq hommes se tiennent en rond. En face, le chambellan. Les invités se servent abondamment dans les plats avec leur main droite en bavardant gaiement. Le temps passe. Daoul grelotte et il a des courbatures à force d'être accroupi sous les branches. Enfin le silence se fait dans la pièce. Peu après, il entend la musique d'un luth ; puis chaude, vibrante, pathétique, s'élève la voix ensorcelante.

« Abda ! » murmure Daoul en proie à l'émotion la plus violente.

Longtemps Abda chante des mélodies joyeuses ou mélancoliques.

Puis les visiteurs manifestent leur enthousiasme. Enfin Daoul voit s'approcher des convives la silhouette adorée. Soudain, elle se retourne : Daoul découvre son visage et pousse un cri d'émerveillement.

Sa chanteuse est encore plus belle qu'il ne l'imaginait. Elle a la figure enfantine de ses quatorze ans et déjà la grâce de la jeune fille. Ses yeux cerclés de khôl ont la couleur de la sombre violette, sa peau est pâle comme l'amande décortiquée, sa chevelure noire comme la nuit ténébreuse, son front éblouissant comme la lune. Broyé par l'amour, Daoul détaille avec transport le cou de tourterelle, la démarche de gazelle, les dents de perle, les joues de roses, les hanches rondes comme des dunes de sable.

Daoul se croit au septième étage du ciel, lorsqu'il remarque que la délicieuse fille s'approche avec coquetterie du chambellan pour lui envoyer une œillade. Puis elle chatouille la joue du voisin avec une branche de jasmin. Au troisième convive elle donne un morceau de son voile. Du quatrième elle saisit le verre pour y tremper ses lèvres. Devant tant de légèreté, Daoul sent son sang tourner quatre fois plus vite que sa tête.

« La coquette ! La menteuse ! La trompeuse ! La traîtresse ! »

Après avoir charmé ses admirateurs, Abda, d'un pas léger qui fait sonner les grelots d'or de ses chevilles, sort de la pièce et frôle le poète en dégageant un nuage de parfum au musc de gazelle. Elle se dirige vers le harem. Daoul s'empresse de la suivre, tandis que des paroles d'amour et de jalousie se bousculent dans son esprit enfiévré. Dès qu'Abda a pénétré dans sa chambre, il se cache la figure avec le pan de son turban, entre dans le harem et arrive dans la pièce où se trouve la chanteuse.

En apercevant un homme, Abda pousse un cri et se voile vivement le visage.

« Malheureux ! Qui es-tu pour risquer ici ta tête ? »

Daoul se jette à genoux.

« Sache, ô beauté enivrante, qu'à tes pieds languit le plus désespéré des poètes. J'étais près de toi dans la caravane d'Arabie. Tous les jours, j'écoutais tes chants merveilleux. Toutes les nuits, je déclamais mon amour pour toi.

— Je reconnais ta voix, dit Abda avec émotion. C'est elle qui a crié si fort lorsque le bédouin a voulu m'enlever.

— C'est mon ami qui t'a sauvée, dit Daoul en relevant la tête.

— Mais il est beau comme la lune ! » s'exclame une voix joyeuse.

Daoul aperçoit alors une jeune fille haute comme trois pommes, dont les chaussures couleur miel disent l'appartenance à la religion chrétienne.

« Ne crains rien, dit vivement Abda. C'est Soukkar, mon esclave. »

Puis elle se tourne vers la jeune fille :

« Vite, aide-le à sortir sans être vu.

— Me laisseras-tu partir sans un mot d'espoir, après que je t'ai vue faire toutes ces coquetteries infâmes à tes convives ? »

Abda s'assied gracieusement sur un coussin.

« Pourquoi me fais-tu des reproches ? Ignores-tu que je suis une esclave ? Qu'al-Mataf m'a achetée fort cher lorsqu'il est venu à Médine. Ici, il gagne de l'argent en me faisant chanter pour les riches de la ville. Et il attend que je sois devenue très célèbre à

Bagdad, pour me revendre des milliers de dinars d'or.

— Personne d'autre que moi ne t'achètera ! » s'exclame Daoul avec emportement.

Abda enlève son voile et sourit tristement.

« Mais comment m'achèteras-tu ? Tu as l'air d'un gueux.

— C'est pour quelques jours seulement, explique rapidement Daoul. Bientôt je serai riche et célèbre.

— Qu'Allah t'entende, le Tout-Puissant qui t'a conduit vers moi pour me sauver des bédouins. Sache que moi aussi, pendant toutes les nuits d'Arabie, j'écoutais tes poèmes. »

Puis d'un geste rapide, elle coupe une mèche de ses cheveux.

« Prends », dit-elle.

Sur son visage passe une expression d'effroi.

« Maintenant va-t'en, va-t'en vite. Je t'aime déjà plus que mon âme. »

*

La ruelle est calme et déserte. Seuls les cris des chouettes résonnent sur Bagdad endormie. Daoul relève sur sa tête les pans de son manteau afin qu'on ne le reconnaisse pas et s'avance prudemment vers le Tigre. Soudain il entend des exclamations. Ce sont les convives qui sortent du Pavillon des Délices. Ils parlent longtemps, avec ces fortes intonations que prennent ceux qui ont bu trop de vin. Daoul s'impatiente et grelotte dans son manteau râpé. Dès que les invités se dispersent, Daoul reprend son chemin lorsqu'il aperçoit, près des cyprès, le chambellan accompagné d'un petit homme et d'un esclave. Du petit homme, Daoul ne voit que le dos.

« As-tu la lettre ? demande le chambellan.

— Je ne comprends pas pourquoi tu me la demandes ? s'étonne le petit homme.

— C'est un ordre du calife.

— Pourquoi ne me l'a-t-il pas demandée lui-même ?

— Crois-tu que le commandeur des Croyants puisse suivre toutes les affaires ? À quoi serviraient alors ses secrétaires et ses fonctionnaires ? » tonne le chambellan avec colère.

Effrayé, le petit homme sort de sa manche une lettre qu'il tend à son interlocuteur.

« Tu ne t'es pas trompé ? C'est bien celle du joaillier de La Mecque ? » insiste le maître de la salle d'audience.

Le petit homme a un sursaut d'indignation.

« Je sais reconnaître tous les sceaux de l'Islam », dit-il avec fierté.

Le chambellan se radoucit.

« Le calife te sait gré de ton dévouement. Que la nuit te soit agréable. »

À peine le petit homme a-t-il rejoint sa mule que le chambellan appelle son esclave :

« Porte immédiatement cette lettre à Antaki. Dis-lui qu'on l'attendra demain, au lever du jour, là où le canal Sarat rejoint l'Euphrate. »

Et comme le chambellan se dirige vers sa gondole, la lune éclaire son gros visage tout épanoui de satisfaction.

« Tahir avait raison, songe Daoul. Cet homme-là est en train de comploter avec Antaki. Mais pourquoi ? »

*

Pendant que Daoul poursuit sa bien-aimée, Tahir se dirige vers les bassins qui brillent sous la lune. Au nom de Malik il est embauché immédiatement et rejoint les grandes étendues d'eau. Ils sont des centaines, la plupart des esclaves, venus de toutes les parties du monde qui attendent que la glace se forme dans les immenses bassins plats.

Tahir se retrouve à côté d'un homme à la large carrure, qui se donne de grandes claques sur les bras pour se réchauffer.

« La fin de l'hiver approche, dit-il, parlant arabe avec un fort accent perse. La glace prend mal. Pendant ce temps, c'est nous qui gelons.

— Normalement cela va plus vite ? demande Tahir.

— En plein hiver l'eau gèle en deux heures. On remplit les bassins quatre à cinq fois chaque nuit. C'est la première fois que tu viens ?

— Oui.

« — Ce sera sans doute la dernière. Le printemps approche.

— Qu'est-ce que tu feras ensuite ?

— Je retournerai chez moi, en Perse. J'irai casser la glace dans les montagnes et je la rapporterai ici pour l'été. Et toi ?

— Je ne sais pas. J'arrive d'Arabie. J'ignore même où je vais habiter. »

Dès que la glace est enfin prise, chacun saisit une hache ou un pic et se met à la casser en larges morceaux.

« Moi, j'habite près de la mosquée des chiites, ceux qui croient que le véritable calife doit être un descendant d'Ali, le gendre du Prophète. »

Et il se remet à donner de vigoureux coups de pic sur l'eau gelée. Tahir, mis en confiance par la chaleureuse jovialité de son compagnon, ose lui poser les questions qui lui brûlent les lèvres.

« Connais-tu un certain Antaki ?

— Des Antaki, j'en connais plusieurs. C'est un nom très commun. Même le grand cadi de Bagdad s'appelle Antaki. »

Tahir, de plus en plus troublé, demande :

« Se peut-il que certaines personnes veuillent comploter contre le calife ? »

Le Persan éclate de rire devant tant de naïveté :

« Mais des complots, il y en a sans arrêt dans les palais des commandeurs des Croyants. »

Et, posant sa pioche en se redressant de toute sa haute taille, il regarde Tahir droit dans les yeux et déclare d'une voix dramatique :

« Presque tous les califes sont morts assassinés. »

Puis il rit de nouveau et ajoute :

« C'est moins dangereux de casser de la glace. Maintenant, fais-la glisser. »

Tous deux commencent à pousser les morceaux gelés vers un long couloir qui descend sous la terre. Tahir est trop préoccupé par ce qu'il vient d'entendre et ne fait guère attention à ce qui l'entoure. C'est alors que la voix du Persan s'exclame à nouveau :

« Mais regarde donc autour de toi ! »

Tout le long des murs de la cave sont accumulées des pyramides de morceaux de glace qui brillent comme du cristal sous le reflet des lanternes.

« Que c'est beau, répète le Persan. Ce n'est pas dans le désert d'Arabie qu'on voit de telles merveilles. »

Mais Tahir, indifférent à la beauté du lieu, poursuit obstinément son enquête.

« Le grand cadi de Bagdad voyage-t-il beaucoup ? demande-t-il.

— Il en a la réputation. On dit qu'il va dans toutes les contrées de l'Islam pour apprendre à bien interpréter le Coran auprès des docteurs de la loi et des savants. »

Les suppositions les plus extravagantes se bousculent dans la tête de Tahir, tandis qu'il se dirige vers le souk des épices. Cet Antaki, se peut-il qu'il en veuille à la vie du calife ? Mais non, c'est impossible, il s'agit certainement d'un vulgaire voleur qui aime l'argent et les bijoux. Et pourtant, s'il s'agissait d'un complot ! Et d'un complot auquel soit mêlé le grand cadi de Bagdad ! Non, c'est impossible, l'idée est trop absurde.

Fort énervé par ses réflexions, il arrive au khan des épices à l'heure où sonnent les cors des hammams. Il fait encore nuit et devant la porte des écuries, allongés sur de pauvres nattes et recouverts de minces couvertures, Saïd et Daoul dorment encore. Tahir crie aussitôt :

« Réveillez-vous, j'ai des nouvelles importantes à vous dire. »

Daoul se frotte les yeux et, reconnaissant son ami, déclare :

« Je m'envole, je m'envole de joie. Ses yeux ont la couleur de la sombre violette, sa peau est pâle comme l'amande décortiquée, sa chevelure noire comme la nuit ténébreuse. Elle a un cou de tourterelle, une démarche de gazelle...

— De qui parles-tu ? demande Tahir, agacé.

— De celle dont les hanches sont rondes comme

des dunes de sable. Je te l'avais bien dit qu'elle était belle. »

Tahir soupire d'agacement.

« Tu as vu ton esclave chanteuse ! Ce n'est guère le moment de m'en parler. Imagine-toi qu'on complote peut-être contre le calife, et qu'Antaki est peut-être le grand cadi de Bagdad ! »

Daoul l'interrompt aussitôt.

« Bref, tu ne sais rien de précis. Tu ne fais que des suppositions, à la légère. Tandis que moi... »

Daoul croise lentement ses jambes et prend le temps de ménager son effet.

« Moi, grâce à ma visite à mon esclave chanteuse, j'ai appris, et je sais donc avec une entière certitude, qu'Antaki complote avec le chambellan et qu'il attend une lettre de ton père.

— De mon père ! s'indigne Tahir. Comment oses-tu envisager que mon père soit en relation avec des comploteurs ?

— Mais, écoute-moi, au lieu de t'agiter sans cesse. »

Tahir est trop impatient pour attendre.

« Cette lettre, où, quand et par qui doit-elle être remise ?

— Au point du jour, au confluent du canal Sarat et de l'Euphrate.

— Qui te l'a dit ?

— Le chambellan en personne. Je sortais donc de

113

la chambre de celle dont la chevelure est noire comme la nuit ténébreuse, les dents comme des perles, le front comme un croissant de lune... »

Tahir ne veut pas en entendre davantage.

« Saïd, sors Sarab, dit-il.

— Tes ordres sont dans mon œil, répond le petit garçon en se précipitant dans l'écurie.

— Mais tu t'agites encore, s'exclame Daoul. Pourquoi n'attends-tu pas patiemment le destin ? »

*

En suivant le canal Sarat, Tahir parcourt au grand galop le pays de l'entre-deux fleuves. Partout, entre le Tigre et l'Euphrate, s'étendent des vergers abondamment irrigués. Dans les champs, les premières pousses de blé et d'orge forment de grands tapis verts. De temps en temps s'élèvent les premiers chants des coqs, et quelques paysans matinaux sortent de leurs maisons de pisé.

« Ne t'inquiète pas, Sarab, cette vie difficile ne durera pas. Je retrouverai ce rubis, car sinon je n'oserai jamais revoir la face de mon père. Ce serait un trop grand déshonneur. Et puis je confondrai l'homme d'Antioche, cet Antaki qui complote dans l'ombre. »

Lorsque le soleil empourpre l'horizon et que retentit l'appel à la prière, Tahir arrive près du fleuve bordé de hauts palmiers dont la brise agite les panaches. Le galop de son cheval effraie des hérons blancs qui s'envolent en criant.

Après avoir fait ses prosternations, Tahir examine les lieux. Dans le port, on charge des bateaux. Dans le bourg, on ouvre les boutiques, et dans les cabarets les hommes mangent des yaourts au thym, des galettes d'orge et des fruits. Tahir confie son cheval au palefrenier d'une écurie :

« C'est bien ici que se croisent le canal Sarat et l'Euphrate ?

— Évidemment, ce n'est pas La Mecque, répond le palefrenier en riant. Tu as un bien beau cheval.

— Garde-le bien. Sinon je te jure qu'Allah t'emmènera en enfer.

— Ne crains rien », dit le palefrenier épouvanté.

Après avoir erré vainement dans les ruelles, Tahir aperçoit enfin son ennemi. Accompagné d'un homme, il monte dans une gondole qui s'éloigne rapidement.

« Traître ! Crois-tu pouvoir m'échapper ? » murmure Tahir.

Sans hésiter, il enlève son manteau, sa robe, son turban, et plonge en caleçon[1] et chemise.

L'eau est glacée mais Tahir est bon nageur. En peu de temps il rejoint l'arrière de la gondole. Tout près

---

1. Il ne s'agit pas du caleçon actuel, mais d'un pantalon bouffant, serré à la taille par un cordon.

de lui, Antaki et son compagnon sont assis sur des coussins.

« Ici nous serons plus tranquilles, dit Antaki d'une voix sourde pour ne pas être écouté par le gondolier à l'avant de l'embarcation. Personne, sauf Allah, ne peut nous entendre. Maintenant regarde cette lettre. Peux-tu en imiter le sceau ? »

L'homme prend la lettre et l'examine.

« C'est le sceau de la bague d'Omar, un joaillier puissant de La Mecque, dit-il d'un ton effrayé.

— Peux-tu imiter ce sceau ? répète Antaki impatienté.

— Je risque d'être pendu.

— Voilà dix dinars d'or. Et si tu parles de notre entrevue, tu auras la tête coupée. »

Tahir entend l'homme respirer bruyamment.

« Je t'obéirai, finit-il par dire. Mais que dois-je écrire ?

— Tu n'as qu'à recopier le message que je vais te donner. Et fais-le avec ta plus belle écriture. »

Puis, pour s'assurer de la loyauté du faussaire, il ajoute :

« Lorsqu'on sera débarrassé de ce calife, et que je serai devenu le grand vizir de son successeur, je te récompenserai comme tu le mérites. »

« L'infâme, murmure Tahir, je vais l'étrangler. »

Comme il s'apprête à se hisser par-dessus bord, arrive un lourd chargement de fourrures de Russie.

« Place ! Place ! » hurle un crieur.

Pour éviter la collision, la gondole tourne brusquement sur la droite et l'énorme proue du navire russe se dresse devant Tahir. Le garçon a juste le temps de prendre son souffle et de plonger dans l'Euphrate. Lorsque, enfin, il met la tête hors de l'eau, d'autres bateaux l'entourent qui remontent ou descendent le plus grand fleuve de l'Irak. Tahir cherche en vain des yeux la gondole.

« Chien ! Fils de chien ! » crie-t-il.

Vaincu et dépité, il se faufile entre les embarcations jusqu'à la rive. Une seule idée le réconforte :

« Jeudi, je raconterai tout au calife et nous verrons bien, de nous deux, qui est le plus malin. »

6

La fausse lettre

« Mon eau ! la douce, la claire, la fraîche, la parfumée, mon eau, le diamant, le cristal ! » s'époumone Saïd.

Hommes et femmes sortent des maisons pour remplir leurs aiguières ou leurs cruches contre quelques pièces de cuivre.

Daoul paraît consterné.

« Tant d'efforts pour si peu d'argent, cela dépasse réellement les bornes ! »

Saïd lève son gentil visage rond.

« Et toi, que fais-tu de plus intelligent ?

— Moi, je me promène, pour naïvement chercher la fortune. »

Saïd remet sur ses épaules ses outres en peau de chèvre.

« Je croirai à ta fortune lorsque je la verrai de mes propres yeux.

— Est-ce que, par hasard, tu douterais de mes avis ? »

Saïd ne répond pas et se contente de penser en silence :

« Ce n'est pas en écrivant à Abda dix lettres par jour que tu gagneras de l'argent. »

Et il reprend sa litanie :

« Mon eau ! la claire, la douce, la fraîche... »

Mais sa voix est vite recouverte par les avertissements des crieurs publics :

« Place à notre maître ! Place à notre maître ! »

Au bout de la rue apparaît un cortège de quarante nègres habillés de soie rouge, coiffés de hauts bonnets de feutre blanc et armés de grands coutelas d'acier. Derrière eux, assis sur un cheval, portant un casque d'or surmonté d'un pigeon en argent, se tient un petit homme chétif. Sa cotte de mailles, qui brille de mille feux, fait ressortir son cou inexistant et ses maigres épaules.

« Qui est cet avorton ? demande Daoul.

— C'est le directeur des pigeons messagers.

— Quel effroyable crapaud, avec ses paupières de chameau et sa lèvre pendante ! »

Malgré les efforts des crieurs pour dégager le passage, le cortège se trouve bloqué dans l'étroite rue par un homme qui bouscule tous les passants. Il brandit sa babouche et poursuit un marchand de viande en vociférant :

« Voleur ! Voleur ! Tu m'as vendu du chameau en prétendant que c'était du mouton. »

Daoul profite de l'attroupement qui se forme aussitôt pour s'approcher de l'avorton. La main sur sa poitrine, il s'incline respectueusement.

« La paix sur toi, dont le front blanc illumine la nuit et fait pâlir le soleil. La terre brille par ta sagesse, ton mérite et ta gloire. »

L'avorton se penche vers le poète et sourit en montrant toutes ses dents. Il a des petits yeux sans cils, très clairs et d'une naïve bonté.

« Ta langue a le brillant de l'éclair et l'éclat de la perfection.

— Seule la langue du Coran est parfaite, dit modestement Daoul. Jamais les hommes ne produiront une prose aussi belle que celle qu'Allah a inspirée. »

Comme le cortège se remet en marche, l'avorton se penche une nouvelle fois vers Daoul.

« Poète aux boucles dorées, viens me rendre visite au khan des pigeons messagers. J'ai une lettre délicate à envoyer, et je veux que tu l'écrives pour moi avec ta belle prose.

— Ton désir est un ordre. »

L'avorton lui donne alors deux dinars d'or et reprend son chemin. Daoul, faisant sauter les pièces d'or dans sa main, rejoint Saïd médusé par une telle prodigalité. Il lui dit en riant :

« Je t'avais bien dit que la fortune m'attendait au coin de la rue. À l'avenir, tête de lune, ne doute plus de mes avis. »

Puis il ajoute à voix basse :

« Si ce n'est pas le visage de l'avorton, c'est sa bourse qui fait pâlir le soleil. »

*

En rentrant de sa promenade sur l'Euphrate, Tahir se rend à la mosquée d'al-Mansour pour la prière de l'après-midi. Il traverse d'un pas régulier, sans entrecroiser les doigts, les trois remparts de la Ville ronde en récitant :

« Je cherche un asile auprès du Seigneur des hommes contre la méchanceté qui souffle le mal dans les cœurs. Ô Allah, donne-moi l'intelligence de comprendre le mystérieux complot qui se trame autour de moi et le courage d'y faire face. »

Puis il entre dans la pièce réservée aux ablutions, qui se trouve à droite de la porte de la mosquée. Là, il se lave méthodiquement le visage, la bouche, les mains, les avant-bras, le cuir chevelu et les pieds. Puis il entre dans la salle de prière faire ses prosternations.

Lorsque les fidèles sont repartis à leurs occupations, Tahir, fatigué par son escapade vers l'Euphrate, s'allonge sur les tapis. Derrière les croisillons de bois des fenêtres, le soleil tisse des dentelles de lumière. Un vieillard psalmodie en égrenant un chapelet d'ambre. Plus loin, des enfants, accroupis autour d'un maître, apprennent le Coran. L'air est lourd d'un parfum de santal et Tahir s'endort.

Des rires le réveillent. Devant lui, le visage rond de Saïd rayonne de bonheur et Daoul le regarde avec une tendresse triomphante.

« Regarde-nous », dit Saïd.

Tahir remarque alors la splendeur de leurs vêtements. Le poète a une chemise de moire, une robe bleue, un manteau bien brodé bord à bord et un turban tissé de fil d'argent. Saïd est vêtu plus modestement, mais en bon tissu épais.

« Qu'est-il arrivé pour que vous soyez si élégants ? demande Tahir.

— C'est grâce à mes paroles, qui sont comme des perles répandues, des fleurs arrosées, répond Daoul en souriant.

— Le place d'honneur est pour le beau parleur », commente Saïd.

Puis il ajoute avec fierté :

« Je ne suis plus porteur d'eau. Dorénavant je suis votre serviteur.

— C'est un bon commencement pour qui veut tenir un jour l'étrier du calife, commente Tahir.

— J'ai déjà trouvé une chambre à louer. Elle est très bien située : rue Rouge, près du canal Sarat entre le Karkh et la Ville ronde, précise Saïd très satisfait de son nouveau métier.

— Et moi, j'ai des choses effrayantes à vous raconter, dit Tahir. Sur l'Euphrate, l'homme d'Antioche fait écrire une fausse lettre... »

Mais il n'a pas le temps d'expliquer à ses amis la conversation d'Antaki et du faussaire car Dos de Chameau s'approche de Saïd.

« Tu es bien le fils de Malik ?

— Je le suis.

— Alors tu dois aller voir immédiatement ma fille Constantine au palais de Zobeida. »

Saïd roule des yeux effrayés :

« Je ne veux pas retourner au palais de l'Étang.

— Tu refuses d'obéir à ma fille ? s'exclame Dos de Chameau stupéfait.

— Je ne veux plus jouer aux échecs avec le grand eunuque qui me fait pleurer.

— Mais Constantine t'attend, gémit le réparateur de tapis. Si tu ne te rends pas au palais, elle sera fâchée contre moi et ne viendra plus me voir à la mosquée. »

Tahir interrompt cette conversation qu'il juge bien futile.

« Toi qui connais tout le monde ici, donne-moi un renseignement. Je soupçonne un homme qui se nomme Antaki de comploter contre le calife. Crois-tu qu'il puisse s'agir du grand cadi de Bagdad ? »

Dos de Chameau devient jaune comme le safran et bredouille d'une voix indignée :

« Comment oses-tu proférer des choses aussi insensées ? Le grand cadi est le meilleur juge de la ville. Celui qui connaît le mieux la loi du Prophète, et qui conseille le calife pour la faire respecter. »

Puis il lève un visage pathétique vers le ciel.

« Allah très grand, mes oreilles n'ont jamais entendu des propos aussi extravagants. »

Et, abasourdi par les déclarations de Tahir, il se dirige vers le *mirhab* pour invoquer le nom du Tout-Puissant.

*

Le lendemain soir, les trois compagnons et Sarab prennent congé de Malik pour s'installer rue Rouge.

« Grâce te soit rendue pour les bienfaits de ton hospitalité », dit Tahir.

À peine ont-ils franchi la lourde porte du khan que Malik se dirige vers le veilleur de nuit qui détache les laisses des chiens du Ghouristan.

« Vois-tu, ce petit, mon fils, il est très intelligent.

— Ce serait pour toi une chance, car le Prophète a dit qu'il n'y a point de richesse qui vaille l'intelligence. Mais pourquoi, soudain, le trouves-tu si remarquable alors que tu gémissais sans cesse à son propos ?

— Il est devenu le serviteur d'un poète dont on paie fort cher les paroles. »

Le veilleur répond, d'un ton ironique :

« Si tu veux mon avis, les poètes, il vaut mieux ne pas les fréquenter. Car pour de l'argent ils te font des louanges, et gratuitement ils te font des satires. »

Malik est décontenancé par ce commentaire plein de bon sens. Mais, comme il tient à garder le dernier mot, il conclut d'un ton docte :

« Pourtant il est écrit par notre Prophète Mahomet que rien n'est plus beau que l'art de bien s'exprimer. »

*

Dans la rue Rouge, Tahir reconnaît avec surprise leur nouveau propriétaire. C'est l'homme à la mule couleur d'étourneau qui lui a si généreusement offert des vêtements, le jour de son arrivée à Bagdad, alors qu'il poursuivait Antaki.

« Je suis heureux de te revoir, dit-il à Tahir. Votre présence honore ma maison !

— C'est moi qui suis heureux de pouvoir te remercier de ton offre généreuse, répond Tahir.

127

« — Vouloir sauver un malheureux vaut mieux que de le laisser se perdre, constate l'hôte.

— Pourquoi, sans raison, es-tu venu à mon secours ? » insiste Tahir.

Le savant a un sourire malicieux.

« Je te l'ai déjà dit. J'ai vu ton arrivée dans les étoiles. »

L'hôte porte une grande barbe qui monte jusqu'en haut de ses pommettes et fait ressortir ses yeux doux et humains. Il fait entrer les trois amis dans la salle réservée aux invités. La nappe est déjà tendue pour le repas du soir.

« Accepterez-vous de dîner avec moi ?

— Nous abandonnerons volontiers les dattes et les galettes de pain noir qui sont l'unique menu de ces derniers jours », répond Daoul.

Tous s'installent en croisant leurs jambes. Aussitôt arrive une esclave qui apporte un grand plat de *rozbaja* avec du riz, de l'ail et des aromates. Puis elle approche une bassine et verse de l'eau sur les mains des invités. Chacun alors tend la main droite vers le plat.

« Il est difficile de trouver à se loger dans Bagdad, dit l'hôte. Mais quoique ma maison ne soit pas grande, je vous donnerai, au premier étage, la petite pièce qui se trouve à côté de ma bibliothèque.

— Es-tu un docteur de la loi ? demande Daoul.

128

— Je suis un savant. J'étudie les astres et les mathématiques. Et, bien entendu, le Coran.

— Je suis poète, dit Daoul, et je vais te raconter mon histoire. Lorsque j'étais enfant, à Damas, je suis parti avec mon père et ma mère sur un grand navire... »

Tahir n'écoute pas longtemps le récit de son ami. Il songe à l'audience du calife qui a lieu le lendemain. Il a tant de choses à lui dire. Mais croira-t-il au rubis volé ? Au complot d'Antaki ?

« Connais-tu le grand cadi de Bagdad ? demande-t-il au savant.

— Je ne l'ai jamais vu.

— Crois-tu qu'il puisse comploter contre le calife ? »

Le savant hésite avant de répondre.

« Quelle étrange supposition ! Le calife a toute confiance en lui. Mais dis-moi plutôt pourquoi tu as l'air si préoccupé. Qu'est-ce qui te tourmente, étranger ?

— Demain, je dois aller voir Haroun al-Rachid. J'ai des choses difficiles à lui expliquer, des choses invraisemblables, et je crains... je crains... je ne sais quoi au juste...

— Tranquillise-toi au lieu de redouter le destin. Ne sais-tu pas que tout est entre les mains de celui qui a formé la terre ? »

Soudain, des cris de femmes s'élèvent en tempête de l'autre côté du mur.

« Qu'est-ce qui se passe ? » demande Saïd.

Le savant sourit avec douceur.

« Ce sont mes quatre épouses qui se querellent dans le harem. Que cela ne vous tourmente pas car ces disputes sont quotidiennes. Vous vous habituerez vite. Venez plutôt voir ma bibliothèque. J'ai quelque chose d'extraordinaire à vous montrer. »

La bibliothèque est remplie de livres en grec, en hébreu, en persan et d'instruments pour mesurer le parcours des étoiles. Tahir prend un ouvrage de Ptolémée qui vient d'être traduit en arabe, mais n'y comprenant rien, le repose aussitôt.

« Venez, dit le savant. Je vais vous expliquer un nouveau système de calcul.

— Un système qui sert à compter la monnaie quand je vends de l'eau ? demande Saïd.

— Un système qui sert à tout. Ce sont des savants de l'Inde qui l'ont trouvé en inventant un nouveau chiffre, le zéro. Ainsi, au lieu d'ajouter indéfiniment un chiffre à un autre, on peut compter par dizaine et par centaine. »

À ce moment-là, un esclave arrive avec un paquet.

« On vient d'apporter cela pour Daoul de Damas », dit-il.

Le poète ouvre aussitôt le paquet qui contient une pomme entamée.

« Quel jour béni ! s'écrie-t-il. Elle m'envoie une pomme effleurée par ses lèvres. C'est qu'elle pâlit loin de moi comme le soleil loin de la terre !

— De qui parles-tu ? demande le savant.

— De celle dont les yeux ont la couleur de la sombre violette, le front l'éclat d'un croissant de lune, la gorge la douceur d'un duvet de tourterelle.

— L'amour lui fait perdre le sens, explique Tahir. Mieux vaut aller dormir. Demain, je dois avoir toute ma raison pour parler au calife. »

*

Cette nuit-là, le chambellan erre dans sa maison lorsqu'un esclave lui apporte une lettre.

« De la part d'Antaki », dit-il.

Le chambellan reconnaît aussitôt la lettre adressée à Haroun al-Rachid avec le sceau d'Omar le joaillier. Il sourit.

« C'est la fausse lettre, songe-t-il. Il faut vite que je la porte au calife. »

Il monte sur sa mule et se dirige vers le palais où il a ses entrées à toute heure du jour et de la nuit.

« Où se trouve le calife ? demande-t-il à l'eunuque responsable de la maison d'Haroun.

— Il est avec ses compagnons de plaisir en train d'écouter des musiciens. »

Le chambellan a un petit rictus de dépit. C'est qu'Haroun n'aime guère être dérangé pendant ses divertissements. Et le calife est si imprévisible. Un jour gai et bienveillant, un autre inquiet et soupçonneux. Pourtant il faut qu'il ait lu cette lettre avant l'audience du lendemain. Aussi le chambellan s'avance d'un pas ferme vers une des petites salles réservées aux soirées intimes. Massrour, le porte-glaive, en garde l'entrée.

« J'ai une lettre de la plus extrême importance », dit le chambellan.

Massrour ouvre la porte.

Assis sur des coussins splendides, Haroun al-Rachid est entouré par le vizir Giafar le Barmakide et quatre autres compagnons de plaisir. Tous portent une longue robe fermée par des dizaines de boutons et un turban de soie tissé de fils d'or. Des esclaves circulent pour les asperger de parfums ou remplir leurs verres d'or de vin de Babylone. Tous écoutent avec ravissement chanter un jeune homme qui joue du luth. Le calife jette un regard importuné sur son chambellan et ne lui adresse pas la parole. Celui-ci reste debout, au bord du tapis, sans oser bouger.

Lorsque le musicien a terminé, les compagnons du calife commentent les qualités de la mélodie et le talent de l'artiste. Ils sont tous très gais. Haroun al-Rachid se tourne alors en riant vers le chambellan immobile :

« Il court sur toi une satire amusante à Bagdad. Je n'avais jamais songé que tu ressemblais à un concombre.

— Je te salue, ô émir des Croyants, répond le chambellan en rougissant.

— Ah, les poètes ! s'exclame le calife. Heureusement qu'ils sont là pour nous dilater les humeurs. Ce sont les seuls qui savent me faire rire. Est-ce pour me faire rire que tu es venu ? Sinon, tu peux t'en aller. »

Le chambellan s'approche d'Haroun al-Rachid et lui baise les pieds et les mains.

« Je suis venu te remettre une lettre de la plus extrême importance qu'un pigeon voyageur vient d'apporter de La Mecque. »

Dans les yeux du calife passe un éclair d'irritation.

« Tu oses me déranger dans mes plaisirs pour une lettre ! »

Et il prend la lettre, la décachette et la parcourt rapidement. Ses yeux alors brillent de colère :

« Pourquoi troubles-tu ma soirée avec de mauvaises nouvelles ? N'ai-je pas assez de soucis tout le long du jour ?

— Je suis ton esclave soumis, répond humblement le chambellan.

— Sors d'ici immédiatement, et ne reviens me déranger que lorsque tu sauras divertir mon cœur par l'agrément de ta conversation. »

Le chambellan s'incline et s'empresse de regagner prestement la porte de sortie.

*

Jeudi matin, à l'heure où le soleil sort de la nuit, Tahir rentre du hammam lavé, parfumé, épilé, les ongles bien coupés. En attendant l'audience du calife, il arpente la petite chambre de la rue Rouge. Pour calmer sa nervosité, il saisit la première pomme venue et s'apprête à la croquer lorsque Daoul, en train d'écrire à Abda, lève une tête horrifiée et s'écrie :

« Malheureux, que fais-tu ?

— Comme tu vois, je m'apprête à manger cette pomme.

— C'est la pomme dont Abda a croqué un morceau avec ses dents de perle. »

Tahir ne se laisse pas impressionner par ce détail.

« Faut-il, pour cette raison, la laisser pourrir dans une mauvaise odeur ?

— Elle ne pourrira pas. Je vais l'entourer de pâte d'encens et la garder toute ma vie. »

Tahir soupire sans faire de commentaire et continue à tourner en rond comme un chameau autour d'une noria lorsque Saïd surgit, tenant un livre sous son bras.

« J'ai le nouvel almanach de l'année. Il vient de sortir. Je vais vous le lire », déclare-t-il.

Il croise ses jambes sur une natte et se met à feuilleter les pages.

« Les poissonniers... les tailleurs... les secrétaires... ah ! les cavaliers. C'est pour toi, Tahir. »

Saïd lit lentement, avec difficulté :

« Pour les cavaliers, la première lune est pleine de dangers. Il vaut mieux rester chez soi. Le jour le plus néfaste est le jeudi. »

Saïd réfléchit un moment pour comprendre ce qu'il vient de déchiffrer à grand-peine, puis lève un visage effrayé vers Tahir.

« Tu ne peux pas aller à l'audience aujourd'hui.

— Rien ne m'empêchera de m'y rendre », réplique Tahir, buté.

Saïd se tourne vers Daoul pour obtenir son soutien.

« Il ne doit pas y aller. Dis-le-lui. »

Daoul lève son calame de la feuille de papier.

« Écoute donc la sagesse de ce visage rond couleur de dattes fraîches.

— C'est pure folie de ne pas tenir compte des prédictions de l'almanach », insiste Saïd.

Tahir explose d'indignation.

« Vous voulez que je laisse faire un faussaire qui imite le sceau de mon père ? Que je laisse bafouer l'honneur de ma famille ?

— Tu remédieras à tout cela plus tard, réplique

Daoul. Aujourd'hui, il vaut mieux éviter la porte par laquelle le malheur arrive.

— Vous êtes lâches, vous êtes stupides, vous êtes comme des ânes, vous êtes... »

Et Tahir sort de la pièce en claquant la porte.

« J'ai peur pour lui, murmure Saïd.

— Moi aussi, avoue Daoul, dont le beau visage exprime une grande tristesse. Mais que veux-tu, c'est un Arabe, son honneur passe avant tout. Toi aussi, figure de lune, ton honneur passe avant tout ?

— Des dattes... », répond Saïd.

*

Décidé à entrer, quels que soient les dangers, dans la salle d'audience, Tahir traverse le palais en jetant des regards furieux à tous les scribes, secrétaires, trésoriers, gardes, qui, vêtus de noir, un sabre à la ceinture, s'agitent dans les vastes bâtiments de la ville royale.

Le chambellan a un léger sourire en le voyant approcher.

« J'exige que tu me laisses entrer aujourd'hui, dit Tahir avec fermeté. Sinon je ferai un scandale, j'appellerai le porte-glaive, et tu seras obligé de m'obéir. »

Et sans attendre de réponse, l'air toujours aussi

courroucé, il va s'asseoir à droite, près des solliciteurs musulmans.

Bientôt s'ouvre l'audience du calife. À sa grande
surprise, Tahir voit le chambellan lui faire signe de
s'avancer le premier. Sa colère alors cède à
l'anxiété. Le cœur battant, il traverse la cour et
s'arrête devant le rideau de la salle d'audience.
L'esclave préposé à cet office soulève la lourde tenture et l'introduit près du commandeur des
Croyants.

Malgré sa résolution, Tahir se sent brusquement
intimidé. Sur un divan couvert de tapis et de coussins magnifiques, se tient assis, les jambes croisées,
le serviteur d'Allah, Haroun al-Rachid, émir des
Croyants, représentant de l'Envoyé d'Allah. Il porte
une longue robe noire et un chapeau très haut
recouvert d'un turban. Tahir note ses joues rondes,
sa bouche petite, ses cheveux frisés, et surtout son
regard vif et inquiet.

Autour de lui, debout, se tiennent le vizir, les prin-
cipaux secrétaires de l'État, des gardes et le porte-
glaive. Aux murs sont accrochées de somptueuses
tentures. Le plafond est arrondi en coupole. Une
cassolette d'ambre gris se consume lentement
devant le calife, tandis qu'une esclave se tient près
de lui avec un éventail qu'elle agite de temps en
temps devant son visage.

Tahir s'avance jusqu'au bord du tapis qui prolonge le divan du calife et s'incline :

« La paix sur toi, commandeur des Croyants. »

Puis il se relève en attendant un ordre.

« Approche-toi. »

Tahir franchit les quelques pas qui le séparent du divan comme s'il parcourait une distance infinie. Il baise la main du calife.

« Tu peux parler. Qui es-tu ?

— Je suis le fils d'Omar, le joaillier, le Mecquois, dont la réputation s'est étendue dans toutes les contrées et qui est ton esclave soumis. »

Haroun al-Rachid paraît extrêmement troublé et change de couleur. Un long moment, il fixe le grain de beauté sur le nez du garçon. Puis il dit d'une voix tremblante de fureur :

« Tu es le plus grand menteur que l'Islam ait jamais connu. »

Affolé, Tahir ose contredire les royales paroles :

« Par Allah et son Envoyé Mahomet, je jure que je dis la vérité. »

Dans le regard du calife passe une lueur cruelle.

« Reconnais-tu ce sceau ?

— C'est celui de mon père, balbutie Tahir.

— Sais-tu ce que ton prétendu père m'écrit : "J'ai la douleur de t'apprendre que mon fils, la flamme de ma vie, est mort lors d'une razzia dans le désert. J'ai appris, depuis ce chagrin à la limite

du chagrin, qu'un jeune garçon avec un grain de beauté sur le nez se fait passer pour mon fils. Il a volé le rubis que je t'avais fait envoyer." »

Tahir sent dans sa tête s'ouvrir les portes des tempêtes.

« C'est un mensonge, commandeur des Croyants. C'est une fausse lettre, on te trompe, on te ment, on te trahit. D'autres que moi te trahissent, le chambellan, Antaki... »

À ces mots le calife entre dans une colère sans bornes.

« Non seulement tu es un voleur et un menteur, mais tu oses critiquer les jugements de l'émir des Croyants et accuser des hauts fonctionnaires ? Pour un seul de ces crimes tu mérites la mort. »

Puis il se tourne vers son porte-glaive et ordonne :

« Demain, tu lui trancheras la tête après la prière de l'après-midi. »

Déjà les gardes saisissent le garçon et lui mettent une chaîne au cou. Tahir se débat comme un forcené en hurlant :

« Qu'Allah fasse éclater la vérité à tes yeux ! Tu es entouré de traîtres, de menteurs, de comploteurs ! Écoute-moi, je t'en supplie. »

Bientôt ses vociférations s'éloignent de la salle d'audience.

« À l'entendre, dit le calife en se tournant vers le

vizir Giafar, il faudrait me méfier de mes plus fidèles serviteurs. »

Puis il reste un moment silencieux, tandis que son regard se trouble de mauvaises lueurs.

7

Le tapis de cuir rouge

Dans l'écurie du savant, Saïd donne de l'orge et de l'eau de rose à Sarab, mais son cœur est rempli d'inquiétude. Pourquoi Tahir ne revient-il pas ? Est-il en danger pour rester absent si longtemps ? Ne pouvant contenir son impatience, Saïd quitte l'écurie et court jusqu'au palais de l'Éternité.

Afin de surveiller ce qui se passe dans la ville royale, il s'installe près de la porte d'entrée, en croisant ses jambes dans un coin bien ensoleillé. Pour oublier les sombres pronostics de l'almanach, il se distrait en regardant l'agitation matinale. Les hommes en noir entrent et sortent du palais dans un affairement de ruche. La caravane du Khorassan traverse la place parmi un grand vacarme de cris. Les femmes fortunées de la rive est du Tigre se rendent au souk sur des mules blanches richement harnachées. Devant le pont, on décroche le cadavre du trésorier qui a volé l'émir des Croyants.

Soudain, apparaît un crieur à cheval, de noir vêtu, appartenant à la maison du calife. Il fait longuement tinter sa clochette. Lorsqu'une foule considérable s'est rassemblée autour de lui, il déroule un papier et annonce d'une voix forte :

« Au nom d'Allah clément et miséricordieux, le commandeur des Croyants fait savoir aux habitants de Bagdad qu'aura lieu, l'après-midi, une exécution capitale. Un garçon, surnommé Grain de Beauté, qui prétend être le fils d'Omar, le joaillier, le Mecquois, aura la tête tranchée sur l'esplanade du Khorassan pour avoir volé un bijou du calife et insulté le chef de la communauté des musulmans. »

Le monde noircit devant le visage de Saïd. Prenant les pans de sa robe qu'il serre dans sa ceinture, il court comme un fou jusqu'à la rue Rouge, bousculant sur son passage mules, portefaix et passants.

« C'était dans l'almanach, gémit-il devant Daoul. C'était écrit ! C'était écrit !

— Que t'arrive-t-il ? demande le poète aux boucles dorées. Le ciel t'est-il tombé sur la tête ?

— C'est la tête de Tahir qui va tomber.

— Tu veux dire qu'on va le décapiter ! Mais pourquoi ?

— C'est le crieur qui l'a annoncé. L'exécution aura lieu cet après-midi », sanglote Saïd en se tordant les mains de désespoir.

Daoul est abasourdi par la sinistre nouvelle. Après un moment de silence, il déclare :

« Il faut le sauver !

— Mais comment ?

— Je vais aller voir le calife.

— C'est trop tard pour participer à l'audience du jeudi.

— Je vais lui écrire une lettre.

— La lettre d'un inconnu ! Allah très bon, Allah très juste, Allah...

— Tais-toi, dit Daoul impatienté par ces jérémiades, laisse-moi réfléchir. »

Daoul passe et repasse dans sa tête les propos tenus par Antaki sur l'Euphrate, ceux du chambellan au Pavillon des Délices et tous les événements des jours précédents. Les idées s'entrechoquent dans son esprit comme une tempête de sable.

Il porte ses deux mains à son front pour mieux se concentrer.

« J'ai trouvé ! s'exclame-t-il. L'homme qui a donné la lettre au chambellan, l'autre nuit, au Pavillon des Délices, c'était le directeur des pigeons messagers.

— Tu en es sûr ?

— Oui. C'est la même silhouette chétive, la même tête dodelinante avec la même voix haut perchée. Or l'avorton a exigé du chambellan qu'il lui rende la lettre d'Omar.

— Et alors ? Je ne comprends pas comment tes beaux raisonnements vont pouvoir délivrer Tahir.

— Je t'expliquerai plus tard. Il n'y a pas de temps à perdre. Maintenant conduis-moi vite au caravansérail des pigeons voyageurs. »

*

Le khan des pigeons messagers se trouve au bord du Tigre, entre le khan des produits indiens et celui des chevaux. L'activité est intense dans ce quartier marchand. Les chameaux et les ânes des caravanes qui se dirigent vers les immenses magasins ont le plus grand mal à se frayer un chemin entre les esclaves qui chargent et déchargent les navires. Les crieurs hurlent pour se faire entendre malgré les cris des animaux, le carillon de leurs grelots et les vociférations des vendeurs.

La porte du caravansérail des pigeons voyageurs est magnifique, toute d'ébène avec des incrustations de cuivre. Au fond de la cour se dresse une haute tour où les pigeons partent et viennent, une lettre suspendue à leur cou.

« Attends-moi ici, dit Daoul à Saïd.

— Mais qu'est-ce que tu vas faire ?

— Je vais chercher la véritable lettre d'Omar. »

Et il se dirige vers la maison de l'avorton située à droite de la cour.

Le directeur des pigeons messagers, assis sur un coussin, est en train de lire des vers écrits par un poète, cousin du calife.

« La paix sur toi, dit Daoul en s'inclinant, la main droite sur le cœur.

— Sur toi la paix, répond son hôte. Je suis heureux de te voir, poète aux boucles dorées.

— Je te l'avais promis, répond humblement le poète. Mais dis-moi quel service je peux te rendre. »

L'avorton le regarde de ses yeux pâles et doux, en bougeant continuellement les mains. Sa bouche, incapable de se fermer totalement, découvre en permanence ses dents dans un perpétuel sourire.

« Puisque tu t'exprimes avec pureté et douceur et que tu sais apprécier la beauté du Coran, je veux te demander d'écrire un poème pour moi.

— Quelle sorte de poème ?

— C'est pour une toute jeune fille, pleine d'intelligence, de politesse, de finesse d'esprit, de beauté et de perfection. »

Daoul a un sourire imperceptible.

« Aussi je voudrais que tu me proposes quelques louanges, puis je te dirai celle que je préfère. »

Daoul se met à arpenter la pièce en scrutant tous

les objets afin de découvrir la lettre du père de Tahir. La pièce est très encombrée. Sur de grands coffres de bois sont posés d'innombrables objets : plateaux de cuivre, lettres décachetées, objets précieux de toutes les provinces de l'empire et des livres, des dizaines de livres artistiquement calligraphiés.

« Mais assieds-toi donc, dit l'avorton, étonné par les déambulations de son visiteur.

— Je pense mieux en marchant. L'inspiration me vient par les pieds. »

En longeant la petite pièce, Daoul prie en silence : « Ô Allah, le Grand, le Clément, Allah dont je n'ai pas le temps d'invoquer les quatre-vingt-dix noms, aide-moi à retrouver la véritable lettre d'Omar, le père de Tahir. »

« J'attends tes vers », s'impatiente l'avorton.

Daoul s'avance lentement dans la pièce en déplaçant tous les objets, et en disant n'importe quoi :

« Ô jeune fille, tes yeux sont comme des minarets dans la rivière, tes pieds comme des bosses de chameaux, ta voix comme un cochon ivre. »

Le directeur des pigeons messagers regarde stupéfait la conduite étrange du poète.

« Qu'as-tu à remuer sans cesse et à dire des stupidités ?

— Je cherche des idées, répond Daoul en furetant partout.

— Cesse de tripoter tous mes livres. Ils sont extrêmement précieux.

— Laisse-moi examiner encore ceux-là. »

Et Daoul se précipite vers un troisième coffre pour soulever un à un les précieux objets.

Au moment où il commence à désespérer de trouver la lettre qui peut sauver son ami, son cœur tressaille dans sa poitrine. Dans le brasero de cuivre où quelques mottes de terre séchée finissent de se consumer, pend, à moitié calcinée, une lettre. Daoul s'en approche et distingue le sceau d'une bague aussi grosse qu'une pièce d'or sur laquelle il discerne le dessin de la Kaaba[1] de La Mecque. Pour détourner l'attention de son hôte, il reprend ses stupides propos :

« Tu as des cheveux aussi solides que la queue d'un chameau, et en te voyant mon cœur bat comme l'aile d'une chauve-souris.

— Mais tu es à la limite de la folie ! » s'exclame l'avorton.

Et pour marquer sa consternation, il se prend la tête entre les mains. Aussitôt, Daoul saisit la lettre qu'il enfouit dans la large manche de sa robe. Puis il va s'incliner devant son hôte :

« Excuse-moi, noble seigneur, de t'avoir ainsi

---

1. Sanctuaire cubique, fondé, dit-on, par Abraham. C'est le pôle religieux de l'Islam, vers lequel tous les musulmans se tournent pour la prière.

importuné. Rien ne ressemble plus à un fou qu'un poète. »

Et sans attendre de réponse, il s'enfuit en courant.

Le directeur des pigeons messagers reste un moment éberlué, n'arrivant pas à comprendre les raisons de la stupéfiante conduite d'un garçon qui avait l'air doux et sensé. Finalement il conclut :

« Il a raison : rien ne ressemble plus à un fou qu'un poète. »

*

Daoul entraîne Saïd dans le jardin le plus proche. Tous deux s'éloignent des passants groupés autour des fontaines et se cachent derrière un massif d'arbustes.

« Regarde cette lettre, dit-il en brandissant le précieux papier, c'est la lettre d'Omar, le joaillier.

— Mais elle est brûlée.

— On peut lire quand même. »

Et Daoul déchiffre les bribes de phrases épargnées par le feu : clément... mon fils Tahir... razzia... rubis pour Zobeida... s'il arrive à Bagdad... remarquable cavalier... protège mon... serviteur soumis... Omar, le...

« J'ai tout compris, s'exclame Saïd, triomphant. Antaki a fait une fausse lettre qui accuse Tahir ! Et celle-là, la vraie, devait être brûlée ! Comme cela, Antaki garde le rubis.

« — Bénie soit ton intelligence ! Maintenant c'est à toi d'agir.

— Moi ? s'inquiète le petit garçon.

— Toi, en personne. Tu vas aller au palais de l'Étang.

— Au palais de l'Étang ! Mais il y a le grand eunuque qui veut jouer aux échecs et qui me fait pleurer. »

À l'éclair qui brille dans les tendres yeux de Daoul, Saïd comprend immédiatement que ses caprices sont déplacés.

« Je t'écoute, dit-il d'un ton obéissant.

— Tu vas porter cette lettre à Constantine et tu demanderas à parler à Zobeida. Tu lui expliqueras que Tahir est injustement accusé, qu'il n'a pas le rubis mais connaît celui qui le possède. As-tu compris ?

— Tes ordres sont sur ma tête et dans mon œil.

— Maintenant fais vite, car il nous reste peu de temps avant l'exécution. »

*

Saïd s'avance bravement dans le palais de l'Étang. Il serre les poings pour affronter le grand eunuque noir.

« À la première partie d'échecs, songe-t-il, je lui dirai qu'il est bête, très bête, d'une énorme bêtise, aussi énorme que son derrière, de m'obliger à jouer

pendant que Tahir va mourir. Et que jamais Zobeida ne recevra son rubis. »

Dès que le grand eunuque, assis sur ses coussins brodés, l'aperçoit, il se redresse avec une agilité inattendue et lui dit :

« Te voilà enfin, petit ! Tu veux voir Constantine ?

— Oui, répond Saïd fort surpris.

— Je vais la faire chercher. »

Il fait signe à un esclave qui se tient devant la porte, puis se rapproche du petit garçon et lui dit à voix basse :

« Pourquoi ne m'as-tu pas dit la dernière fois qu'il fallait absolument que tu voies Constantine ? Que c'était pour une raison très importante ? Crois-tu que ce soit intelligent de ta part de me prendre pour un imbécile ? »

Puis il ajoute dans un souffle imperceptible :

« Zobeida était très en colère. »

À ce moment, une esclave soulève une tenture de velours à l'extrémité de la pièce. Derrière, sur un amoncellement de coussins en brocart et de tapis multicolores, dans un foisonnement de fleurs et de cassolettes de parfums, se tient l'épouse favorite d'Haroun al-Rachid.

« Approche-toi, dit-elle, et dis-moi ce que tu sais au sujet du rubis. »

Saïd sent son cœur battre la chamade dans sa poi-

153

trine. Les yeux écarquillés, il s'avance en regardant les brodequins ornés de perles, les bijoux d'or qui couvrent le cou, les bras, les mains, les chevilles de Zobeida, le voile parsemé de diamants qui lui entoure la tête, sa robe de soie fine, et une odeur de musc qui fait tourner la tête.

« Dis-moi tout ce que tu sais au sujet de ce rubis qui m'était destiné. »

Saïd lui tend la lettre brûlée.

« Qu'est-ce que cela signifie ? » demande Zobeida.

Saïd respire très fort pour se donner du courage, puis explique, le plus clairement possible, le vol du rubis dans le désert, la fausse lettre écrite par Antaki, la vraie lettre brûlée découverte chez le directeur des pigeons messagers, et l'exécution de Tahir.

« Sais-tu qui est cet Antaki ? demande Zobeida.

— Non, murmure Saïd à regret.

— Jamais je ne laisserai un traître me voler mon rubis », déclare Zobeida avec colère.

Et d'un geste autoritaire, elle fait un signe à un serviteur. Aussitôt, deux esclaves viennent aider leur maîtresse à se relever malgré le poids de ses bijoux.

*

Après la prière de l'après-midi, la foule se dirige vers la Ville ronde pour la mise à mort du garçon nommé Grain de Beauté. Devant le bastion de la porte du Khorassan s'étend une grande esplanade entourée de murs. Selon les jours, elle sert de terrain de jeux pour les courses de chevaux et les parties de polo du calife, ou de terrain d'exercice pour les revues et défilés militaires. Elle sert aussi pour le spectacle des exécutions capitales. Des esclaves montent l'estrade de bois destinée à la mise à mort puis étendent dessus, avec beaucoup de soin, le grand tapis de cuir rouge sur lequel doit rouler la tête du condamné.

Saïd court rejoindre Daoul dont le beau visage blanc est encore plus pâle que d'habitude.

« Qu'a dit Zobeida ? demande-t-il.

— Qu'elle ne laissera pas un traître lui voler son rubis.

— Et pour Tahir ? Qu'a-t-elle décidé ?

— Rien. Elle s'est levée, très en colère. »

Tous deux restent sombres et inquiets. Tout autour la foule, dense, s'installe dans une atmosphère de fête. L'air se remplit de parfums et de poussière. Les vendeurs ambulants proposent des sorbets, des galettes, des yaourts, des pommes du Liban, des figues de Damas. Les voiles des femmes ont des couleurs éclatantes et celles dont les yeux sont découverts jettent des regards palpitants d'émotion.

À la terrasse de la porte du Khorassan, au premier

étage du bastion, sous la coupole verte, on apporte des tapis, des tentures, un divan, des coussins, des cassolettes d'encens et l'étendard noir du calife. Puis, dans un grand éclat de tambours, apparaît le successeur de Mahomet. Il porte sa tenue de cérémonie : le manteau, le sabre et la baguette du Prophète. La foule se prosterne en silence.

Lorsque le commandeur des Croyants a pris place sur son divan d'où il domine l'assistance, chacun tourne les yeux vers l'estrade. À côté de Massrour, le porte-glaive, s'avance Tahir. Saïd serre la main de Daoul, tandis qu'un murmure parcourt la foule devant sa jeunesse, sa grâce et la fierté de son visage. Sur l'ordre de Massrour, il s'agenouille sur le tapis de cuir rouge.

« Pourquoi est-ce que Zobeida n'arrive pas ? gémit Saïd.

— Je ferai des satires contre l'injustice du calife et la sottise de son épouse favorite, hurle Daoul. On les répétera dans tout l'Islam, on les répétera pendant des siècles quand le cadavre du calife... »

Les voisins s'indignent de ces commentaires et font signe au poète de se taire.

Désormais indifférent au tumulte des hommes, Tahir songe au Tout-Puissant qui le jugera en haut du ciel. Allah le mettra-t-il à sa droite avec ceux qui vivent dans les jardins de l'Éternel où ruisselle l'eau courante, où poussent des jujubiers sans épines et des fruits abondants que l'on contemple couchés sur des tapis volants ? Ou le jettera-t-il dans une eau bouillante au souffle torride ?

Massrour prend alors une écharpe noire et bande les yeux du condamné.

« Fais ton acte de foi avant de mourir, dit-il.

— J'atteste, dit Tahir d'une voix forte, j'atteste qu'il n'y a pas d'autre divinité qu'Allah. Qu'Allah est le seul Dieu. Il n'a pas engendré et n'a pas été engendré. Personne n'est égal à Lui. »

Massrour lève alors son sabre qui étincelle au soleil. Le tenant fermement dressé devant lui, il commence à pivoter sur lui-même, lorsque éclate le son de flûtes et de grelots.

« Place à l'épouse du calife ! Place à notre maîtresse Zobeida ! »

Daoul et Saïd échangent des regards de bonheur. Le porte-glaive s'immobilise au milieu de son mouvement tournant et interroge du regard le calife. Haroun al-Rachid lui fait signe de différer l'exécution. Au pas de son chameau, Zobeida s'avance dans un palanquin d'ébène orné d'or et d'argent. De chaque côté chevauchent les eunuques qui composent sa garde personnelle.

Le cortège s'arrête au pied de la porte du Khorassan. Le chameau s'accroupit par saccades. Des esclaves se précipitent pour faire descendre Zobeida, dissimulée sous un grand voile tissé d'or.

Dans le silence absolu qui règne sur l'esplanade, seuls résonnent le cri des oiseaux et le tintement des bijoux de l'épouse favorite.

Zobeida monte sur la terrasse du bastion et s'incline au bord du tapis.

« La paix sur toi, commandeur des Croyants.

— Que veux-tu ? demande le calife, visiblement irrité. Pourquoi oses-tu troubler l'exécution d'un traître ? »

Zobeida s'approche du calife dont elle baise les pieds et les mains.

« Toi qui brilles par ta sagesse et tes mérites et à qui le monde entier obéit sur le continent et la surface des mers, toi qui es aussi doux dans la clémence que terrible dans la colère, que le Ciel empêche une injustice de ternir ta gloire. »

Et elle tend au calife la lettre à moitié calcinée. Le calife l'examine avec étonnement. Mais dès qu'il reconnaît le sceau d'Omar, le joaillier, le Mecquois, il change de couleur. Après avoir lu les fragments du message épargnés par le feu, les yeux brillants de colère, il se lève et quitte la terrasse. Aussitôt un crieur annonce que l'exécution est reportée à un autre jour. Sur le bastion de la porte du Khorassan, les hauts fonctionnaires commentent l'événement avec de grands gestes. Soudain Daoul pousse un cri :

« Antaki !

— Où est-il ? demande Saïd.

« — Sur la terrasse. C'est un juge. Il porte un voile triangulaire sur la tête.

— Alors Tahir avait raison. C'est bien le grand cadi de Bagdad », conclut Saïd.

*

Haroun al-Rachid, le bien dirigé, le confident béni d'Allah, arpente dans une robe de soie rouge la salle des audiences privées. Massrour, le porte-glaive, suit de ses yeux fidèles l'agitation de son prince.

« Quelqu'un me trahit. Plusieurs, peut-être. Mais je les broierai tous et leurs cœurs seront saisis d'épouvante », dit le calife en serrant les poings.

Puis se retournant dans un mouvement brusque vers Massrour :

« Que fait le chambellan ? Voilà déjà longtemps que je l'ai fait appeler ? Et le grand cadi ? Pourquoi ne sont-ils pas là lorsque j'ai besoin de leurs conseils ? Sont-ils traîtres eux aussi ? »

Massrour se permet d'intervenir :

« Que ta colère ne t'aveugle pas au point de douter de tes meilleurs serviteurs. »

Le chambellan, à la porte de la salle, tremble de tous ses membres et n'ose pas entrer. Bientôt les pas énergiques du grand cadi se font entendre.

« Il a mis la robe de la fureur, gémit le chambellan. Mais pourquoi as-tu volé ce rubis ? Depuis, nous n'avons que des ennuis à cause de ce Tahir.

— J'ai volé ce rubis pour le porter à mon doigt lorsque je serai grand vizir du prochain calife. Ce sera un enfant sans défense qui me laissera tous les pouvoirs. Alors j'aurai sur ma main un diamant aussi gros que celui du calife. »

Le chambellan est effrayé par la témérité d'Antaki et demande d'un ton incrédule :

« Pourquoi le calife croirait-il tous les propos mensongers que tu vas inventer ? »

Le grand cadi se redresse avec orgueil.

« Ignores-tu mon pouvoir sur l'esprit d'Haroun ? Aurais-tu oublié que je suis le plus haut juge chargé de faire appliquer le droit de l'Islam ?

— Je sais combien le calife est pieux et soumis aux docteurs de la loi.

— Il le sera, une fois de plus. Et il m'obéira. L'important est qu'il n'interroge pas le directeur des pigeons messagers. Ce n'est qu'un sot, tout juste bon à faire le joli cœur. Maintenant, entrons. »

Tous deux s'inclinent au bord du tapis. Le calife tend au grand cadi les deux lettres.

« Toi, dont la connaissance est admirable et l'intégrité exemplaire, sais-tu reconnaître la vraie lettre de la fausse ?

— Permets-moi de les lire, dit Antaki. J'ignore ce qu'elles contiennent. »

Le grand cadi fait semblant de découvrir les messages. Sans lui laisser le temps de réagir, le calife déclare :

« Je vais écrire à Omar, le Mecquois, pour lui demander son avis.

— C'est un homme avancé en âge, malade, et qui croit son fils mort. Pourquoi le tourmenter davantage ? remarque doucement Antaki.

— Alors, explose Haroun al-Rachid, as-tu un meilleur moyen pour discerner le mensonge de la vérité »

Antaki fait de grands effets de manche et déclare :

« Puisque la lettre brûlée affirme que ce garçon est un remarquable cavalier, fais-le courir le jour de la fête du printemps. S'il peut se comparer à tes propres cavaliers, cela signifiera que la lettre brûlée est la véritable lettre. Si, au contraire, il est incapable d'affronter ses rivaux, Grain de Beauté ne sera qu'un imposteur.

— Tu es avisé et perspicace », dit le calife qui retrouve son calme.

Mais Antaki, profitant de son avantage, plante dans les yeux du calife son regard d'acier.

« Crois-tu obéir à la loi du Prophète lorsque tu t'abandonnes si facilement à la colère ? Il est écrit dans le Coran qu'en toute chose il faut choisir la modération. Et toi, tu oublies souvent d'invoquer le nom d'Allah pour qu'il surveille ta langue et dirige ta main. »

La consternation apparaît alors sur le visage d'Haroun al-Rachid. Des larmes lui montent aux yeux.

« Je vais aller faire cent prosternations à la mosquée pour demander le pardon du Tout-Puissant et le remercier d'avoir mis près de moi un docteur de la loi qui sache guider mes actions. »

Dans les yeux d'Antaki passe un éclair de triomphe.

8

La fête du printemps

Dès qu'elle a fini la prière du matin, Abda, dans sa fine tunique de nuit, se met à lire et relire les lettres de Daoul.

« Avais-tu remarqué, Soukkar, que j'ai des yeux couleur de la sombre violette ? » demande-t-elle avec coquetterie.

L'esclave haute comme trois pommes se met à rire :

« Non, je n'avais remarqué ni les hanches rondes comme des dunes de sable, ni les dents de perle, ni la chevelure comme la nuit ténébreuse, mais je ne suis pas poète.

— Je vais lui donner un rendez-vous.

— Mais comment ?

— Cet après-midi, j'irai m'acheter des boucles d'oreilles. Je vais lui écrire de me rejoindre dans le souk. »

Puis, en parfumant sa longue chevelure, elle ajoute :

« Vois-tu, Soukkar, je vais changer de vie. Je ne veux plus faire une œillade à l'un, une caresse à l'autre, un cadeau au troisième, et écrire à tous qu'ils sont la joie de ma vie.

— Que veux-tu faire alors ? demande Soukkar interloquée par les propos de sa maîtresse.

— Vivre avec Daoul, l'épouser et l'aimer.

— Le chagrin te fait perdre tes sens. Rentre dans ta raison. Ton poète n'a pas un dirham en poche. »

L'arrivée du maître du Pavillon des Délices interrompt cette conversation.

« Je t'apporte un collier tout en or offert par le directeur des pigeons messagers. Ah ! que je suis content de t'avoir achetée ! J'ai eu l'œil, et le bon, à Médine. »

Puis il se frotte les mains.

« Bientôt tu seras l'une des esclaves chanteuses les plus chères de Bagdad ! »

Profitant des bonnes dispositions d'al-Mataf, Abda dit d'un ton négligent :

« Je vais aller au souk cet après-midi pour m'acheter des boucles d'oreilles.

— As-tu perdu l'esprit ? Cet après-midi, tu dois recevoir un homme de la religion qui veut discuter avec toi du Coran. Puis tu as ta leçon de chant. Et ce soir, un riche marchand t'invite pour te montrer à ses amis. Il te paie cinq mille dinars. Quel triomphe ! Comme tu dois être heureuse ! »

*

Dans la chambre de la rue Rouge, Daoul rentre piteusement.

« Je n'ai rien appris sur le sort de Tahir, dit-il à Saïd.

— Moi non plus. Il doit toujours être en prison et menacé d'avoir la tête tranchée. Quel malheur ! »

Les deux amis arpentent la petite pièce d'un air lugubre lorsque la porte s'ouvre brusquement :

« Tahir ! » s'exclament les deux amis.

Daoul le serre dans ses bras.

« Le calife t'a libéré ? demande Saïd.

— Pas encore. Je dois courir devant lui pour la fête du printemps. Si je gagne, je serai sauvé.

— Raconte-nous ce qui s'est passé. »

Tahir se met à rire :

« Il paraît que le grand cadi a été mon bienfaiteur. C'est lui qui a proposé cette course. Dire que je le soupçonnais d'avoir le rubis ! Quel imbécile je suis !

— Tu n'es pas un imbécile, dit Daoul.

— Que veux-tu dire ?

— Que c'est bien le grand cadi qui a volé le rubis. Je l'ai reconnu.

— Moi aussi, je l'ai vu, confirme Saïd. Il était sur la terrasse de la porte du Khorassan. »

Tahir frotte le grain de beauté de son nez.

« Je ne comprends plus rien. Pourquoi mon ennemi me sauverait-il la vie ?

— Je te ferai humblement remarquer que c'est d'abord Saïd et moi qui t'avons sauvé la vie. »

Tahir se frotte à nouveau le bout du nez.

« Vous ? Mais comment ?

— Assieds-toi, prends une galette et écoute-nous. »

Daoul raconte longuement le récit de sa visite chez l'avorton, la lettre à moitié brûlée mentionnant qu'il est très bon cavalier, l'intervention de Saïd chez Zobeida, le calife recevant les deux lettres. Enfin il conclut :

« Qu'importent les raisons du grand cadi ! Ce qui compte, c'est cette course d'où dépend ta vie ou ta mort.

— Quand est la fête du printemps ? demande Tahir.

— Dans six jours, exactement », dit Saïd.

*

Chacun prépare à sa manière la fête du printemps. Les quatre épouses du savant se querellent sans cesse pour cuisiner les meilleurs repas au futur vainqueur. Saïd s'occupe de Sarab. Il mesure attentivement les rations d'orge et, comme l'étalon a grossi dans le khan des épices, il le couvre tous les soirs de dix couvertures pour le faire transpirer.

Tahir s'entraîne avec son cheval. À l'aube, il part au galop le long du Tigre. Il monte à cru, comme les bédouins, pour développer ses muscles et la solidité de ses reins. L'après-midi, sur l'esplanade qui sert d'hippodrome, il s'exerce avec ses concurrents, cavaliers du calife, du vizir, ou de riches marchands. Sa grâce et sa rapidité étonnent ses adversaires, et déjà on murmure son nom dans les murs du palais de l'Éternité.

Quant à Daoul, il est très occupé à organiser la célébrité de son ami. Tous les jours, il s'installe dans la cour d'une mosquée et déclame le poème intitulé *Le cavalier de Bagdad* :

> *Bonnes gens de Bagdad,*
> *après quoi court ce cavalier*
> *qui fend l'air comme un épervier ?*
> *Cherche-t-il l'or, la gloire, la fierté ?*
> *Passants de Bagdad, vous vous trompez.*
> *Il court après le grain de beauté*
> *qu'il porte sur le bout du nez*
> *sans pouvoir le rattraper.*

*

Au matin de la fête du printemps, dès que sonnent les cors des hammams, un esclave glisse une lettre sous la porte de la chambre. Daoul, déjà réveillé, s'en empare immédiatement. Il l'approche de ses narines et respire longuement l'odeur de musc de gazelle, le parfum d'Abda.

Dès qu'il a lu la missive amoureuse, Daoul se met à sauter de joie, en caleçon bouffant et chemise, ses boucles dorées dansant sous son léger turban de nuit.

Tahir, que toute cette agitation fait sursauter, gémit :

« J'ai fait d'affreux cauchemars.

— Ne t'inquiète pas, lui dit Daoul. Laisse faire le destin. Tout arrive de ce qui est écrit. »

Mais Tahir est insensible à ces arguments.

« Toute la nuit, j'ai rêvé que je perdais la course. Sarab ne voulait plus avancer. Je criais, je criais, mais cela ne servait à rien. Puis ensuite ma tête roulait sur le tapis rouge, une horrible tête pleine de sang.

— Que se passe-t-il ? demande Saïd en se frottant les yeux.

— Il se passe que je risque de mourir », répond Tahir d'un ton sinistre.

Daoul lui met avec tendresse la main sur l'épaule.

« Cela ne sert à rien de tourner cinq cents fois dans ta tête la course de cet après-midi et d'agiter de sombres réflexions.

— Mais à quoi d'autre veux-tu que je pense ?

— Tu es beaucoup trop nerveux. Il faut te changer les idées. Viens avec moi. Abda me donne rendez-vous, ce matin, sur le bord du Tigre, en face de sa maison. »

Tahir hausse les épaules.

« Ce n'est pas Abda qui me fera gagner.

— Non, mais tu sortiras de cette chambre, tu cesseras de broyer des idées noires, tu rencontreras des gens qui s'aspergeront d'eau pour la fête du printemps et qui te feront rire. Et puis cela porte toujours chance de voir une beauté ensorcelante.

— C'est vrai, dit Saïd. Je m'occuperai de Sarab, et toi tu ne penseras plus au tapis rouge.

— Oui, peut-être..., soupire Tahir.

— Te voilà raisonnable ! »

Et, se tournant vers Saïd, Daoul ajoute :

« Lève-toi, paresseux. Prépare ma chemise de soie, mon turban de soie, ma robe de soie, mon caleçon de soie, mon manteau...

— Je croyais que nous n'avions plus d'argent, s'étonne Tahir.

— J'en ai emprunté au savant, explique Daoul. Je ne peux quand même pas mettre une robe de coton avec une chemise de soie. Mélanger les tissus est très vulgaire. »

Et devant la coquetterie de son ami, Tahir ne peut s'empêcher de sourire.

*

Une heure plus tard, Saïd reste auprès de Sarab tandis que les deux garçons se dirigent vers le Tigre. Autour des canaux se pressent les habitants de la ville. Ils remplissent d'eau leurs cruches de terre cuite ou leurs aiguières d'or et d'argent pour s'arroser de la tête aux pieds. Les femmes poussent des petits cris effrayés lorsque l'eau imprègne leurs voiles et leurs robes. Les enfants aspergent tous les passants dans de grandes exclamations d'allégresse.

Sur le pont central du Tigre, un petit garçon pointe son doigt :

« Regardez, là-bas, c'est le cavalier de Bagdad. »

Aussitôt les enfants entourent Tahir en l'inondant d'eau et en criant :

« Hé ! Cavalier, l'as-tu rattrapé ton grain de beauté ? »

Puis se donnant la main, ils tournent autour de lui en chantant :

« Peut-on à Bagdad être bon cavalier sans un grain de beauté sur le nez ? »

Lorsque, enfin, Tahir s'est dégagé de ses admirateurs, il interroge Daoul :

« Qu'est-ce que tu as raconté ces derniers jours au sujet de mon nez ?

— J'ai organisé ta gloire, répond Daoul d'un ton majestueux.

— Et si je perds la course ? demande Tahir repris par ses sombres pressentiments.

— Pourquoi perdrais-tu ? Tu es le meilleur cavalier de la ville.

— On ne sait jamais. Sarab peut s'affoler, je peux perdre mon sang-froid. »

Mais Daoul ne l'écoute plus. Il prend la main de son ami et la serre très fort.

« C'est là.

— Où ? demande Tahir.

— Juste après les cyprès. »

Tahir voit la belle maison aux lanternes décorées de fleurs devant laquelle entrent et sortent des esclaves. Les deux amis longent discrètement la rangée de cyprès. Lorsqu'ils sont proches du Pavillon des Délices, un groupe d'esclaves chanteuses, entièrement voilées, se dirigent vers le Tigre dans le bruit harmonieux des grelots d'or de leurs chevilles.

« C'est elle, dit Daoul.

— Laquelle ?

— La robe et le voile qui ont des rayures rouges et blanches. Tu ne la trouves pas d'une beauté affolante ?

— Pour le moment, constate Tahir en riant, c'est son voile que je trouve affolant. Hélas ! je ne peux rien voir de plus. Ni les yeux de sombre violette, ni le front comme un croissant de lune, ni la peau pâle comme l'amande décortiquée... »

Daoul, insensible à l'ironie de son ami, répète avec extase :

« Je m'envole, je m'envole de joie... »

Arrivés au bord du Tigre, des serviteurs remplissent les aiguières dans le fleuve et des esclaves chanteuses commencent à s'asperger d'eau les unes les autres dans des éclats de rire. Les voisins et les enfants se mêlent, ravis, aux belles jeunes filles dont ils entendent parfois les voix enchanteresses.

« Je vais lui parler », dit Daoul.

Tahir lui met la main sur l'épaule.

« Fais attention. Regarde l'eunuque mongol qui les surveille. Il porte un gourdin à assommer un éléphant.

— Regarde plutôt le bandeau qu'Abda porte sur le front. Tu peux lire ce qui est brodé dessus ?

— Un jour sans toi est comme une nuit sans lune.

— C'est un poème que je lui ai envoyé, dit Daoul. C'est fou ce qu'elle m'aime. »

Et Daoul s'éloigne de son ami pour se joindre aux esclaves chanteuses.

Dissimulé derrière un cyprès, Tahir s'amuse à regarder les ruses de Daoul pour aborder sa bien-aimée. Il voit le poète emprunter une aiguière à une petite esclave, la remplir d'eau dans le fleuve, s'approcher d'Abda et l'arroser en riant. Puis il profite de l'animation générale pour lui murmurer des mots à l'oreille, lui prendre la main, sourire, parler, rire, agiter ses boucles dorées, ouvrir des yeux extasiés, rire encore.

« Quelle comédie ! » songe Tahir que ce manège divertit beaucoup.

Mais voilà que la raison de Daoul s'envole. Stupéfait, Tahir le voit soulever le voile trempé qui recouvre le visage d'Abda pour déposer un baiser sur sa joue douce comme un pétale de rose.

« Le troubadour famélique ! » hurle al-Mataf.

Aussitôt, l'eunuque mongol se précipite en brandissant son gourdin. Daoul, pour l'éviter, court d'une jeune fille à l'autre en se cachant derrière leurs robes. L'eunuque mongol le poursuit en criant :

« Insolent ! Vaurien !

— Face fripée plus jaune qu'un citron ! répond Daoul.

— Qu'Allah te brûle dans le feu de l'enfer, crie l'eunuque.

— Quand je serai poète à la cour du calife, je cracherai sur ton gros derrière lorsque tu me baiseras les pieds.

— Et moi, je t'assommerai de telle sorte que plus jamais tu n'approcheras une femme de l'Islam. »

Tahir n'en entend pas davantage. Il reçoit sur la nuque un violent coup de bâton. Le monde autour de lui se met à tourner, et devant ses yeux dansent toutes les étoiles du firmament. Il entend faiblement une voix inconnue qui dit :

« Emporte-le immédiatement. Dans la foule, personne ne s'apercevra de rien. »

Et Tahir tombe sur le sol, sans connaissance.

*

Une heure plus tard, Daoul entre en courant dans la mosquée d'al-Mansour. Elle est déserte en ce jour de fête. Seul un mendiant dort en ronflant. Dans la salle de prière, Dos de Chameau fait les prosternations quotidiennes qui lui donnent son gros durillon

176

sur le front. Sans respecter le temps de la prière, Daoul se précipite vers lui :

« Tahir, Saïd et Sarab ont disparu. Sais-tu où ils se trouvent ? »

Dos de Chameau ne cesse d'agiter sa tête sous son turban tout de travers.

« Ce matin, après la prière, j'étais assis là à ravauder mes tapis lorsque le grand cadi… Allah très sage, comment y croire ?

— Parle », s'impatiente Daoul.

Dos de Chameau roule des yeux épouvantés.

« Le grand cadi s'est approché de deux hommes et leur a dit : "Toi, tu t'occupes du cheval, et toi du cavalier au grain de beauté."

— Alors qu'as-tu fait ? demande Daoul.

— J'ai été rue Rouge pour prévenir ton ami le cavalier. Mais il était parti avec toi. Aussi, j'ai dit à ce petit vaurien de Saïd qui n'apprend pas à lire le Coran de s'occuper du cheval. »

Puis son visage prend une expression désespérée :

« Si ton ami a disparu, comment retrouvera-t-on le rubis de Zobeida ? Que va dire Constantine ? »

Mais déjà Daoul a remis ses sandales et s'enfuit à toutes jambes.

*

Tahir émerge lentement de son évanouissement. Sa tête bourdonne. Ses membres le font affreusement souffrir. Retrouvant peu à peu sa lucidité, il se rend compte que ses jambes sont repliées et attachées contre son ventre par des cordes. Ses bras sont ficelés derrière son dos. Tout est noir autour de lui.

« Où suis-je ? » se demande-t-il.

Petit à petit, il s'aperçoit qu'il est enroulé dans

une grande couverture. Derrière le drap de laine, il sent la texture de la paille tressée.

« Je suis dans un panier », conclut-il.

Le panier n'est pas immobile. Il se balance légèrement, monte et redescend dans un roulis inlassable. Tahir reconnaît vite le mouvement ondulant de l'animal du désert.

« Je suis dans un panier accroché à une bosse de chameau. Au milieu d'une caravane, sans doute. »

Progressivement, il reconstruit les événements précédents. Puis il étouffe un cri : la course ! La course du calife à laquelle il ne s'est pas présenté. Tout le monde doit le considérer comme un menteur et un voleur. Maintenant il comprend la ruse d'Antaki. Ce dernier l'a fait enlever avant la course, pour que le calife le considère comme le faux fils d'Omar. Il l'a fait enlever au dernier moment, profitant de l'allégresse générale de la ville, pour que ses amis et Zobeida n'aient pas le temps d'intervenir en sa faveur. Plus rien, dorénavant, ne peut lui sauver la vie.

Un choc le tire de ses noires réflexions. C'est le chameau qui plie ses jambes de devant, puis celles de derrière, pour s'asseoir sur le sol. Tahir entend des interpellations. Alors le panier est soulevé et déposé par terre.

« Qu'est-ce qu'il y a dans ce paquet ? s'exclame une voix. Il est incroyablement lourd.

— Laisse-le où il est, répond un homme autoritaire. C'est un paquet précieux dont je m'occuperai personnellement. »

À travers la couverture, Tahir sent des odeurs de viande grillée que les rôtisseurs préparent pour les voyageurs de la caravane. Puis retentit l'appel à la prière. Peu de temps après, le silence tombe sur le camp.

Plus tard, le panier est énergiquement soulevé de terre et bringuebale selon la démarche inégale de deux porteurs qui avancent sans dire un mot.

« Où m'emmènent-ils ? » se demande le garçon.

Brusquement, il sent que le panier est renversé, une pierre dure heurte douloureusement sa tête et des mains le poussent en avant. Alors il se met à tomber, à tomber dans le vide tandis que ses épaules ricochent contre des parois rugueuses. Il atterrit enfin sur un sol meuble et bourbeux. Puis, très lentement, il sent la couverture se remplir d'eau.

« Je suis au fond d'un puits », murmure-t-il, épouvanté.

*

Tout est calme et silencieux dans le khan des épices. Malik enroule soigneusement un turban bien propre sur sa tête lorsque le gardien, qui vient surveiller le magasin pendant ce jour de fête, entre dans la cour.

« La paix sur toi, lui dit Malik. Je t'attendais pour aller me promener près du Tigre. Ensuite, j'irai voir la course que doit gagner l'ami de mon fils, le cavalier au grain de beauté.

— Père de Saïd, tu ferais mieux d'oublier jusqu'à son nom.

— Que me dis-tu ?

— Les crieurs du calife sont dans toute la ville. Ton cavalier a disparu avant la course. Il est recherché dans tout l'Islam comme voleur et comme traître. »

Après un moment d'hésitation, Malik déclare avec assurance :

« Cela ne m'étonne pas. Je l'ai toujours dit à mon fils que ses amis sont des misérables, des fainéants et des beaux parleurs.

— De nos jours, il est difficile de se faire obéir par ses enfants, commente le gardien. Ferme la porte du khan pendant que je vais m'occuper des chiens dans la cave. »

Dès que le gardien a disparu à l'intérieur des bâtiments, un hennissement retentit dans le souk, et, peu après, Saïd et Sarab apparaissent à la porte du khan.

« Malheureux ! s'exclame Malik. Que fais-tu ? »

Sans répondre à son père, le visage empreint de gravité, Saïd se dirige vers l'écurie.

Malik s'affole :

« Tu ne vas pas garder ce cheval ici !

— Laisse-moi, je suis malheureux. Mon ami a disparu.

— Un voleur, un traître !

— Je resterai dans l'écurie, sans sortir, jusqu'au retour de Tahir, déclare Saïd les larmes aux yeux.

— Sans sortir ! Tu as perdu tes sens. Dès demain tu retourneras vendre de l'eau.

— Des dattes, répond Saïd, désespéré.

— Insolent ! Crois-tu que je vais te nourrir et acheter de l'eau de rose pour ton cheval ? »

Saïd regarde son père en retenant ses sanglots.

« Si je sors d'ici, le grand cadi me fera enlever à mon tour.

— Allah très haut ! Qu'est-ce que j'entends avec mes deux oreilles ! Le grand cadi enlèverait le fils d'un palefrenier misérable ! »

Ne sachant que répondre, Saïd se souvient des propos de Daoul et déclare fièrement :

« Toute personne porte sa destinée accrochée à son cou, dit notre prophète Mahomet. »

Malik se frappe le visage de douleur.

« Allah ! sa raison s'envole ! Il attend que la destinée le nourrisse à ne rien faire ! »

Et pendant que Saïd disparaît avec Sarab dans l'écurie, Malik tourne autour de la fontaine en cherchant la conduite à suivre. C'est alors qu'il entend une voix de femme qui l'appelle derrière la porte.

« Père de Saïd ? Père de Saïd, es-tu là ? »

Malik reste un moment silencieux, mais la voix insiste :

« Père de Saïd, c'est très important. »

Malik décide d'entrouvrir un battant. Une femme, complètement voilée, lui dit à voix basse :

« La paix sur toi. Où se trouve ton fils ? »

Malik, que tous ces événements rendent méfiant, répond prudemment :

« Sur toi la paix. Je ne sais pas où se trouve mon fils. Il est sans doute à la mosquée en train de lire le Coran.

— Ne me raconte pas d'histoires sur Saïd. Je sais qu'il n'apprend jamais à lire le livre d'Allah. »

La femme sort de sa manche deux dinars d'or qu'elle tend au palefrenier.

« Lorsque tu verras ton coquin de fils, donne-lui ces deux dinars en disant : "On s'inquiète pour le rubis. Donne des nouvelles à Constantine."

— Constantine ! Je ne t'avais pas reconnue, murmure Malik intimidé. Tu es devenue si élégante !

— Qu'il vienne vite », ajoute la jeune fille.

Et avec un grand mouvement de voile, elle s'éloigne dans le souk.

Malik referme la porte. Puis il regarde briller, un dans chaque paume, les dinars d'or.

« On dirait deux soleils tombés dans mes mains », songe-t-il.

183

Il ne cesse de caresser les pièces douces et lisses. Puis il songe à son fils, caché au fond de l'écurie, qui, malgré les extravagances de ses deux amis, gagne sans travailler plus d'argent qu'il n'en a jamais gagné lui-même.

« J'ai un garçon très intelligent », conclut-il.

Alors il lève les bras vers le ciel.

« Allah très haut, fais que la destinée continue à distribuer des pièces d'or à mon fils sans qu'il fasse rien ! »

9

La raison de Daoul
s'envole

Les habitants de Badgad sont en liesse, le soir de la
fête du printemps. Ils ont illuminé toutes les maisons avec des petits pots de pierre dans lesquels
brûlent des huiles parfumées. Sur les terrasses, sur
les ponts, dans les ruelles grouillantes ou dans les
innombrables jardins de la ville, ils parlent, rient,
mangent et boivent. L'odeur entêtante des premières fleurs se mêle à celle des huiles odorantes.
Mais Daoul est indifférent à cette joie populaire. Le
visage figé dans une expression lugubre, il erre au
milieu de la fête en se répétant indéfiniment les
catastrophes de la journée : Tahir enlevé par Antaki,

Said caché dans le khan des épices, et Abda devenue inaccessible après le baiser volé près du Tigre.

Autour de lui, des enfants font une farandole.
Daoul les insulte :

« Cessez de rire et de vous amuser, imbéciles, ne
voyez-vous pas que je suis triste ? »

Les enfants reprennent aussitôt leur danse en
chantant :

« Celui qui est triste, c'est lui l'imbécile, le triste
imbécile... »

Exaspéré, Daoul cherche à quitter la foule et se
dirige vers la périphérie de la ville. Bientôt il se
retrouve dans le quartier mal famé des tanneurs où
l'odeur est insupportable. Les ruelles sont très
sombres. Ici et là, quelques rares passants glissent en
silence, une lanterne à la main. Soudain il entend
une voix éraillée qui s'écrie :

« Quelle lune ! »

Daoul se retourne et découvre une vieille femme
aussi horrible que malodorante. Elle le dévisage avec
de grands yeux hagards.

« Toi qui es beau comme la lune au quatorzième
jour, que cherches-tu ici ? demande-t-elle.

— Je cherche quelqu'un de plus malheureux que
moi », répond Daoul d'un air sinistre.

La vieille femme se met à ricaner, puis ordonne :

« Attends-moi. Je vais te délivrer de tes malheurs. »

La femme entre dans une masure misérable. Par la porte entrouverte, Daoul aperçoit à l'intérieur un grand désordre de plantes et d'herbes sèches ou grasses qui dégagent une odeur suffocante. La vieille femme ressort rapidement, un petit flacon à la main qu'elle lui tend en disant :

« Ce n'est pas cher. Juste un dirham d'argent. Une misère pour un beau garçon comme toi.

— Qu'est-ce que c'est ? demande Daoul qui fait la grimace devant le flacon poussiéreux.

— Du *bang* crétois, l'élixir du bonheur. Tu en respires quelques effluves et tu t'endors. »

Puis ricanant à nouveau, elle ajoute :

« Celui qui dort ne souffre plus.

— Cela ne m'intéresse pas », dit Daoul, excédé par cette voix et ce visage effroyables.

La femme se met à pousser des cris :

« Le mécréant ! Il prend mon élixir et ne veut pas le payer ! »

À la porte des pauvres maisons apparaissent quelques silhouettes inquiétantes qui dévisagent Daoul d'un air malveillant. Pour éviter tout esclandre, Daoul sort un dirham de sa manche, saisit le flacon, et s'empresse de calmer son étrange interlocutrice en lui jetant quelques louanges :

« Je te remercie, ô dame pleine de grâces et de qualités. Ta bonté s'est répandue dans la ville de Bagdad comme la rosée du matin. »

Puis, pressé d'en finir, il s'éloigne dans la rue. Mais la femme, charmée par les compliments, le poursuit de sa voix éraillée :

« Noble prince ! Toi qui regardes le monde du septième étage du ciel, ne respire pas l'élixir trop longtemps. Tu pourrais en mourir.

— Elle est complètement folle », se dit Daoul en se hâtant.

Dès qu'il retrouve le centre de la ville et sa réconfortante animation, une idée merveilleuse germe dans son esprit. Un projet saugrenu, certes, mais qu'il trouve absolument remarquable. Une ruse qui lui permettra de voir Abda. Ainsi, demain, il pourra admirer longtemps la bien-aimée qui ensorcelle son cœur. Et ni la fureur de l'eunuque mongol, ni la colère d'al-Mataf ne pourront l'empêcher de se délecter de la vision exquise de la plus séduisante des esclaves chanteuses.

*

Le lendemain, donc, au début d'un chaud après-midi, Daoul se dirige gaiement vers la rive est du Tigre. Il passe devant le Pavillon des Délices avec un sourire malicieux et, deux ruelles plus loin, pénètre dans la grande mosquée du quartier de Rusafah. Des enfants jouent à effrayer des pigeons qui s'envolent dans de frémissants battements d'ailes, tandis que d'autres, plus sages, sont assis autour d'un maître pour apprendre le Coran. Quelques hommes font la sieste. Daoul relève le pan de son manteau sur sa tête pour dissimuler son visage et, longeant discrètement les murs sous les portiques, s'avance vers la tour de la mosquée. Là, il croise ses jambes dans un coin et attend patiemment le muezzin qui doit venir lancer l'appel à la prière de l'après-midi.

Il n'attend pas longtemps. Bientôt apparaît un homme aux jambes courtes et au large torse. Comme tous les muezzins de jour, afin qu'ils ne voient pas les femmes dévoilées dans leurs maisons, il est aveugle. Au pied du minaret, il sort une clef de sa chaussette et la met en tâtonnant dans la serrure. Daoul noue aussitôt un large mouchoir sur son nez. Dès que le muezzin pénètre dans la tour, Daoul le suit le plus silencieusement possible. L'aveugle, dont l'oreille est fine, devine cependant une présence près de lui, et agite son bâton alentour en demandant :

« Qui es-tu ? Que veux-tu ? »

Daoul, sans répondre, referme brutalement la porte, débouche la fiole du *bang* crétois donné par la vieille femme et l'approche du nez du muezzin. À peine a-t-il senti le somnifère dont l'odeur endormirait un éléphant, qu'il chancelle. Daoul le saisit par les épaules et l'allonge doucement au pied de l'escalier. Pour plus de sûreté, il redépose quelques gouttes du *bang* crétois près du nez de l'aveugle et monte rapidement l'escalier.

Près du sommet du minaret, entourant la tour circulaire, se trouve une plate-forme protégée par une balustrade de pierre. De là, Daoul contemple, émerveillé, la capitale de l'Islam qui s'étend à ses pieds.

Le Tigre ondule, comme un grand serpent bleu, entre les maisons de brique rouge, et, partout, les jardins ressemblent à d'éclatants bouquets de verdure que colorent des fleurs roses, jaunes et blanches.

« Que c'est beau », murmure le poète.

Mais déjà Daoul cherche des yeux le Pavillon des Délices. Il reconnaît le grand cèdre du jardin, et, juste à côté, dans un petit kiosque couvert de rosiers grimpants, se tient celle qui dépasse en merveille toutes les merveilles de la capitale. Abda, vêtue d'une tunique transparente, ses longs cheveux dénoués comme une tonnelle de raisins noirs, est assise sur un coussin et joue du luth.

« Je m'envole, je m'envole de joie ! » s'exclame le poète.

Un long moment, il reste à admirer le cou long et délicat, le profil délicieux, la grâce du maintien et des gestes. Puis une esclave s'approche de la chanteuse pour lui dire quelques mots. Aussitôt, Abda se couvre le visage d'un voile.

« Qu'est-ce qu'elle fait ? se demande Daoul. Reçoit-elle une visite ? »

Il voit soudain s'avancer, dans la première cour du Pavillon des Délices, une petite silhouette dont la tête est surmontée d'un casque d'or avec un pigeon d'argent.

« L'avorton, s'esclaffe Daoul. L'avorton vient la voir. »

Et, dans son cœur, l'amour et la jalousie se déchaînent comme les vagues d'une mer en furie.

C'est alors que s'élève, de tous les minarets de la ville, l'appel à la prière de l'après-midi. Les muez-

zins se répondent en chœur, comme un écho inin-
terrompu à la gloire d'Allah.

« *Allah akbar.* Allah est grand ! » crie Daoul à son
tour.

Mais lorsqu'il voit l'avorton s'approcher d'Abda,
et passer délicatement sa main sur son voile, la
colère lui fait perdre la raison. Mélangeant les mots
dans la plus grande incohérence, il crie d'une voix
furibonde :

« Allah est grand... le traître, le perfide, le
coquin... Allah, punis cet insolent... Abda est
grand... Que périsse l'avorton, le ridicule,
l'infâme... »

Dans le quartier de Rusafah, chacun, dans sa
barque ou sur son âne, sur sa terrasse ou dans son
jardin, relève la tête vers l'étrange muezzin, qui non
seulement n'est pas tourné vers La Mecque, mais
profère de surcroît les paroles les plus extravagantes. Le voilà maintenant qui tend un bras ven-
geur vers la maison des esclaves chanteuses. Des
groupes se forment, le nez en l'air vers la mosquée,
pour commenter l'incident. Daoul se tourne alors
vers ces spectateurs inattendus et les apostrophe
avec véhémence :

« Bonnes gens de Bagdad, écoutez-moi. Un ridicule avorton essaie de séduire la plus belle chanteuse
de l'Islam. Bonnes gens, empêchez que se déroule
une rencontre aussi odieuse. Entrez dans le Pavillon

des Délices, délivrez Abda d'une présence intolérable. »

Emporté par son élan, Daoul ne prête pas attention à l'escouade de policiers noirs qui galopent vers la mosquée. Bientôt le bruit des bottes gronde dans l'escalier du minaret. Le poète aux boucles dorées est frappé, jeté à terre et ligoté.

*

Le soir, Soukkar court de toute la vitesse de ses petites jambes jusqu'au harem du Pavillon des Délices.

« Maîtresse, maîtresse, le poète est en prison. »

Abda cesse de parfumer de musc de gazelle sa longue chevelure.

« Que dis-tu là ?

— Il est en prison dans la Ville ronde. »

Abda chancelle. Soukkar se précipite pour la tenir par les épaules et la coucher sur un divan.

« Qu'as-tu, maîtresse, qu'as-tu ? répète, affolée, la petite esclave chrétienne.

— Le jour devient noir devant mon visage », murmure Abda.

Soukkar regarde sa maîtresse devenir toute pâle, puis jaune, puis verte.

« Maîtresse, parle-moi, parle-moi », lui dit-elle en lui secouant la main.

N'obtenant aucune réponse, Soukkar quitte la chambre en criant :

« Au secours ! Abda va mourir. Au secours ! À l'aide ! »

Peu de temps après, al-Mataf entre à grands pas furieux dans la chambre.

« Regarde-la, dit Soukkar les larmes aux yeux. Elle ne bouge pas plus qu'une pierre. J'ai peur qu'elle ne soit morte.

— C'est de la comédie », déclare al-Mataf, mécontent.

Et saisissant une aiguière d'or, il arrose le visage de l'esclave chanteuse. Réveillée, Abda rouvre les yeux et murmure :

« Daoul ! Mon bien-aimé, Daoul. Où es-tu ? »

Al-Mataf émet un petit ricanement.

« Je savais bien que c'était une comédie. Et pour qui ? Un bon à rien, un va-nu-pieds qui ne fait que des sottises. »

Puis il saisit Abda par le bras pour la forcer à se tenir assise et la secoue brutalement.

« Si tu n'es pas guérie ce soir pour le dîner avec le chambellan, je te chasse d'ici.

— Tu ne vas pas la renvoyer en Arabie ? intervient Soukkar affolée.

— Que crois-tu ? Que je vais entretenir luxueusement une esclave chanteuse qui ne sert à rien et

qu'un misérable troubadour empêche de travailler ?
Je la renverrai en Arabie, s'il le faut. »

Puis il se tourne vers Abda :

« Tu verras si ton poète t'aimera encore lorsque
tu seras pauvre, sans belles parures, sans voiles précieux, sans parfums délicats. Crois-tu qu'il sera
encore transporté d'amour en entendant ta voix cas-
sée par la misère, tes doigts engourdis par des tra-
vaux pénibles ? »

Puis il se dirige vers la porte et conclut avec un
rire sarcastique :

« Les femmes ont des cervelles de poisson. »

Soukkar, terrifiée par les paroles d'al-Mataf, dévisage longuement sa maîtresse pour épier ses réactions. Mais Abda est aussi immobile qu'une pierre.
Finalement, sur un ton froid et distant tout à fait
inhabituel, elle déclare :

« Soukkar, prépare mes parfums, mes colliers,
mes bracelets, ma robe en soie brodée d'or.

— Mais pourquoi ? demande sottement Soukkar, qui ne comprend rien à la soudaine coquetterie
de sa maîtresse.

— Je veux, ce soir, être irrésistible. »

*

À la nuit tombée, au Pavillon des Délices, le
chambellan, le directeur des pigeons messagers et
quelques riches marchands, assis autour de la nappe

posée sur le sol, écoutent avec ravissement les mélodies de l'esclave chanteuse. Jamais ils n'ont entendu chanter comme ce soir-là. La voix d'Abda, brûlante comme le vent du sud dans le désert d'Arabie, s'élève si vibrante et légère qu'elle semble vouloir monter jusqu'aux sept sphères qui entourent la terre.

Jamais Abda ne fut plus encourageante pour ses admirateurs. L'avorton a droit à une caresse avec une branche de jasmin. Le chambellan reçoit une ceinture brodée, un marchand une mèche de cheveux, un troisième un fragment de son plectre. À tous Abda jette des œillades troublantes, des sourires prometteurs, et murmure à l'oreille des mots charmants.

Lorsque, enfin, tous les hôtes sont partis, Abda retourne dans le harem et réveille Soukkar.

« Va chercher l'écritoire et le calame.

— À cette heure-ci ?

— Maintenant, et dépêche-toi. »

Soukkar obéit en pensant intérieurement que sa maîtresse est guettée par la folie.

« Écris au directeur des pigeons messagers : "Tu prétends m'aimer mais je n'en ai pas de preuve..."

— Pas de preuve ! s'exclame la petite esclave. Mais tous les jours il t'envoie des cadeaux.

— Écris, répète Abda d'un ton autoritaire : "Je

ne croirai à ton amour que lorsque tu auras obtenu que le calife m'invite pour m'entendre chanter."

— Mais pourquoi demandes-tu cela ? gémit Soukkar.

— Ne m'interromps pas sans cesse. Envoie la même lettre au chambellan. Et maintenant écris à Daoul : "Daoul, mon bien-aimé, envoie-moi des poèmes que je puisse chanter au calife. Mon cœur est en morceaux par la douleur de l'absence. Quel jour béni, quel jour incomparable celui qui nous réunira." »

Soukkar pousse un cri de joie :

« J'ai compris ! Tu veux faire entendre au calife des poèmes de Daoul.

— Que croyais-tu donc ?

— Que tu ne l'aimais plus parce qu'il était en prison. »

Les yeux couleur de la sombre violette se remplissent de brumes.

« Comment as-tu pu, toi, ma fidèle, ma tendre Soukkar, comment as-tu pu croire que je trahisse Daoul ? »

Soukkar rougit sous l'insulte et baisse les yeux.

Alors Abba s'approche d'elle, et lui caresse doucement les cheveux.

« J'ai fait graver le nom de Daoul dans ma bague. Seule la mort m'arrachera à lui. »

*

La prison, située entre le deuxième et le troisième rempart de la Ville ronde, ne reçoit qu'une faible clarté, malgré le soleil éclatant qui resplendit sur Bagdad. Dans sa minuscule cellule, Daoul jette sur le sol son beau manteau de soie brodée et se prosterne devant le Très-Haut.

« Je n'espère qu'en Toi, le Bienfaiteur, le Clément. Si grande que soit ma faute, plus grande encore est Ta miséricorde. »

Il entend alors les pas inégaux d'un homme qui boite. Bientôt la porte de la cellule s'ouvre et apparaît un gardien. Daoul remarque vite son pied difforme, son doux visage ridé entouré d'une large barbe blanche et son regard mélancolique. Il tient dans sa main gauche un bol ébréché rempli d'un brouet de harissa[1].

« La paix sur toi, ami qui surviens dans le malheur », dit le poète.

Le gardien reste un moment sur le seuil à regarder le visage lisse et clair comme une pièce d'argent de son prisonnier.

« Que sais-tu du malheur, toi qui n'as pas encore de la barbe au menton ?

— Abda a pris mon cœur dont il ne reste rien. Mais toi, vieil homme, que sais-tu de l'amour ? »

---

1. Bouillie de céréales, plat populaire de base.

Le gardien relève alors sa manche droite et montre un bras dont la main a été coupée.

« Regarde comme j'ai aimé, moi aussi. J'ai volé, à cause d'une femme. »

Daoul se précipite aux genoux du vieux gardien.

« Mon ami, mon frère, mon compagnon dans les tourments de l'amour, c'est Allah qui t'envoie. Toi qui comprends la flamme éclatante qui me brûle le cœur, ne me laisse pas dans le désespoir. »

Le gardien, surnommé Pied-Bot, le regarde avec surprise.

« Que puis-je faire pour toi ?

— D'abord te renseigner sur ce qu'est devenu mon ami Tahir.

— Le traître ?

— C'est mon ami, et il n'est pas traître. Tu iras régulièrement à la mosquée de la Ville ronde, et là, Dos de Chameau, qui entend tout, te dira tout ce qu'il aura pu apprendre à son sujet. Et puis tu te rendras de temps en temps au caravansérail des épices, prendre des nouvelles de Saïd et lui donner des miennes. »

Pied-Bot hoche la tête en signe d'assentiment.

« Ce n'est pas tout, ajoute Daoul. Laisse-moi écrire à ma bien-aimée. Tant que mes mots voleront vers elle, je trouverai le courage de vivre. »

Et aussitôt il se relève et se met à tourner dans la pièce minuscule en déclamant :

« Pour un baiser qui vagabonde,
J'ai perdu la liberté.
Les sens-tu sur ta joue ronde,
Les lèvres du prisonnier ? »

« Que c'est beau, murmure Pied-Bot, dont les yeux s'embuent d'émotion. Dis-moi encore d'autres poèmes, et je t'apporterai un calame et du papier. »

*

Tous les soirs, Abda lit et relit les lettres et les poèmes de Daoul que Pied-Bot, à la nuit tombée, apporte discrètement à Soukkar sur le pont central de Bagdad. Les nouvelles ne sont guère bonnes. Malgré toute sa diplomatie, Abda n'arrive pas à savoir ce qu'est devenu Tahir, et elle attend vainement l'invitation du calife. Pourtant, le chambellan et l'avorton lui ont juré qu'ils avaient loué l'esclave chanteuse à l'émir des Croyants. Abda s'inquiète. Si le calife ne l'invite pas au palais, comment pourra-t-elle faire sortir Daoul de prison ? Les soucis et la déception l'empêchent de s'endormir. Aussi, lorsque la lune est haut dans le ciel, elle monte sur la terrasse du Pavillon des Délices.

De l'autre côté du fleuve se dresse la masse sombre de la Ville ronde où dort son bien-aimé. À ses pieds, les barques sur le Tigre ressemblent à des papillons endormis sur un ruban d'argent. Ici et là, un voyageur attardé promène sa lanterne. Dans les jardins, les arbres, confondus par l'obscurité, ressemblent à de grandes chevelures noires qui s'étendent entre les maisons. Les minarets lancent vers le ciel étoilé la louange des hommes et les cavaliers d'or sur les dômes verts dressent leurs silhouettes étincelantes. De temps en temps, brisant le silence, montent du palais de l'Éternité le cri aigu d'un lynx ou le rugissement d'un lion.

Longtemps Abda reste à regarder la ville, songeant sans cesse au calife et au moyen de sauver le poète aux boucles dorées. Soudain, lorsque les étoiles commencent à pâlir dans le ciel, le son des cors et des trompettes résonne dans la paix de la nuit. De noirs cavaliers, armés d'épées et de lances, d'arcs et de carquois, ou tenant un faucon au poing, sortent du palais. Puis, devant les ânes qui portent les tentes royales, les tapis et la vaisselle d'or, apparaît Haroun al-Rachid. Drapé dans son manteau noir dont les broderies d'argent scintillent sous la lune, il ressemble à une étoile égarée sur la terre. Le cœur d'Abda se serre de douleur. Le calife ne l'invitera pas puisqu'il part pour une expédition de chasse. Combien de temps durera-t-elle ? Combien de temps faudra-t-il que les destins attendent pour décider de son sort et de celui du poète ?

*

Tahir est à bout de forces. Depuis plusieurs jours, il lutte pour rester debout sans glisser dans la mare qui monte jusqu'à sa taille. Il a tenté vainement de desserrer ses liens que l'humidité rend encore plus serrés et douloureux. À force de boire l'eau croupie, il a de perpétuelles nausées. Des moustiques, apparus par centaines depuis que l'été est arrivé, ne cessent de tourbillonner dans le fond saumâtre du puits. Pendant des heures, Tahir regarde, là-haut, le petit rond bleu qui ouvre sur le ciel et sur la liberté et qui lui reste inaccessible. Ce jour-là, à la limite du désespoir, il crie la parole qui enlève toute crainte à celui qui la prononce :

« Il n'y a de pouvoir et de force qu'en Allah très haut. »

C'est alors qu'apparaît, à la margelle du puits, le petit génie jaune à la face ronde comme la lune.

« Le génie du tourbillon, pense Tahir. Comment n'y ai-je pas pensé plus tôt ? Que le tourbillon m'emporte ! » s'écrie-t-il immédiatement.

Aussitôt l'air s'agite autour de lui.

« Où veux-tu aller ? » demande le génie.

Tahir ne sait que répondre. Il est totalement exclu de revenir tout de suite à Bagdad où la police du calife le recherche certainement pour lui couper la tête.

« Emmène-moi près d'un cheval. »

Le tourbillon devient de plus en plus rapide et

bruyant, et Tahir se sent soulevé dans l'étroit conduit du puits.

La spirale d'air est si opaque que le garçon ne peut voir les paysages qui se déroulent sous ses pieds. Puis le bruit du vent diminue, la colonne d'air perd de la hauteur, et Tahir brutalement chancelle lorsque ses pieds touchent le sol.

Autour de lui, de longues étendues de cailloux sont parsemées de quelques buissons épineux et d'arbres rabougris. À quelques pas, un cheval broute des herbes à moitié desséchées. C'est un cheval comme il n'en a jamais vu. Ni un cheval arabe, ni un cheval persan, mais un animal à large croupe, aux épais sabots et au cou massif.

Malgré son épuisement, Tahir se frotte les ongles, les dents, les mains, la nuque avec un peu de terre pour faire ses ablutions et rendre grâce à Allah le Miséricordieux. Puis il s'approche du cheval, le flatte et, rassemblant ses faibles forces, se hisse péniblement sur sa croupe. Heureusement l'animal devine la technique d'un maître et se laisse faire.

Du sol monte un nuage de chaleur qu'aucune brise ne vient rafraîchir. L'air est étouffant, et Tahir, dont la tête bourdonne de fatigue, a le plus grand mal à rester assis sur l'animal. Combien de temps lui faudra-t-il marcher dans ce désert de pierre ?

En fin d'après-midi, il discerne un campement de tentes.... Mais les hommes qui l'occupent ont une apparence si étrange qu'il croit apercevoir d'extravagants mirages. Ce sont des personnages aux grandes moustaches blondes, aux cheveux longs, à la peau blanche, vêtus d'une tunique courte sur des bas enserrés dans des lanières de cuir. Ils sont bien réels cependant, car ils s'approchent du cavalier et s'exclament bruyamment dans une langue incompréhensible. Tahir se demande avec effroi dans quelle étrange contrée le génie du tourbillon l'a déposé, lorsqu'un petit homme, en robe et en turban, s'approche de lui.

« Béni sois-tu d'avoir retrouvé ce cheval. Je ne pouvais le rechercher moi-même car les lois de l'empire m'interdisent d'être cavalier. Mais que t'arrive-t-il ? »

Tahir, en effet, commence à tanguer sur sa monture, sur le point de s'évanouir. Le petit homme le saisit prestement par la taille et l'aide à s'allonger sur le sol.

« Je meurs de faim et de soif, murmure Tahir.

— Attends, je reviens tout de suite. »

En effet, le petit homme apporte rapidement une outre d'eau, un morceau de pain dur et une tranche de viande rôtie.

« Ici, ils ne mangent que cela », dit-il pour s'excuser de la simplicité du repas.

Pendant que Tahir se restaure lentement, il explique :

« Je m'appelle Isaac. Et j'emmène à Bagdad ces ambassadeurs qui viennent d'Aix-la-Chapelle. »

Malgré sa fatigue, Tahir ne peut s'empêcher de sourire en considérant la piteuse suite de cette ambassade.

« De quel empereur magnifique sont-ils les envoyés ?

— De Karlé le Grand[1]. L'empereur d'Occident.

— Un barbare ! s'exclame Tahir.

— Un barbare chrétien, mais puissant. Et moi, Isaac, je veux organiser le rapprochement entre le plus grand empereur d'Occident et le plus grand empereur d'Orient, qui est beaucoup plus grand évidemment. »

Tahir a une grande envie de s'endormir. Mais Isaac est intarissable :

« Je vais organiser une entrevue avec le commandeur des Croyants. Karlé le Grand veut lui demander de protéger les chrétiens de Jérusalem et de lui confier la garde du tombeau du Christ. En échange, il luttera contre les Arabes d'Espagne qui sont les ennemis d'Haroun al-Rachid. »

Tahir n'est guère disposé à s'intéresser à ces manœuvres politiques. Une chose le préoccupe :

« Si vous allez à Bagdad, pourrais-je vous accompagner ? »

---

1. Charlemagne.

Le juif Isaac va parlementer un moment avec les comtes Lantfried et Sigismond qui dirigent l'ambassade. Puis il revient, le sourire aux lèvres.

« Ils disent que tu peux rester pour t'occuper des chevaux.

— Grâce leur soit rendue », murmure Tahir.

Puis il tombe dans un profond sommeil.

10

L'ambassade de Charlemagne

Jour après jour, Abda guette en vain le retour du calife. Mais ce matin-là, al-Mataf se précipite dans le harem en criant :

« Abda ! Abda ! »

L'esclave chanteuse sort dans la cour ombragée en fine tunique transparente car l'été est caniculaire.

« Abda, que je suis heureux ! Je vais bientôt pouvoir te revendre.

— Me vendre ! s'exclame l'esclave chanteuse atterrée par une telle perspective.

— Et te vendre très cher. Quarante mille dinars

d'or, peut-être. Tu te rends compte ? Quarante mille dinars d'or. »

Et il se frotte les mains d'allégresse.

« Tu es la meilleure affaire que j'ai faite de ma vie.

— Mais pourquoi songes-tu à te débarrasser de moi ? »

Al-Mataf, brusquement saisi d'attendrissement devant sa rentable esclave, lui caresse doucement les cheveux.

« Mais ma petite, ma fille, mon Abda, parce que ce soir tu vas chanter devant Haroun al-Rachid.

— Il est rentré ?

— Cette nuit même. Il est fatigué des joies rudes de la chasse et veut s'abandonner aux plaisirs délicats de la ville. Mais qu'as-tu ? Tu as un air bizarre. »

Abda, en effet, est devenue toute pâle d'émotion. Réussira-t-elle à sauver son poète ? Al-Mataf se méprend sur les raisons de son trouble.

« Que crains-tu ? Même si tu chantes mal devant le calife, je te revendrai quarante mille dinars d'or. Car c'est l'honneur d'une telle invitation qui compte. »

Puis il ajoute, ému à son tour :

« C'est la première fois qu'une de mes esclaves chanteuses est conviée au palais de l'Éternité. On peut dire que j'ai eu l'œil et l'oreille en t'achetant à Médine. »

*

Dès que la nuit couvre Bagdad de ses ailes noires, Abda, vêtue d'une robe couleur safran, d'un long voile bleu tissé d'or et d'un léger manteau brodé avec les vers de Daoul, arrive au palais de l'Éternité sur une belle mule blanche. Là, al-Mataf la confie à un eunuque qui la conduit à travers le palais. Le cœur d'Abda bat la chamade, et c'est à peine si elle remarque les splendides cours au milieu desquelles des nénuphars dessinent dans les bassins le nom d'Haroun le bien-aimé. Elle traverse le harem où vivent les deux cents concubines du calife, puis des jardins où des animaux sauvages courent en liberté.

« Mais où m'emmènes-tu ? demande Abda, inquiète.

— Au palais des merveilles. C'est là que le calife t'attend. »

Le pavillon des merveilles est entouré de fleurs et de fontaines. Sur le seuil, Abda reste saisie de stupeur. La pièce est immense et toute rose, éclairée par des centaines de lampes. De chaque côté, quarante fenêtres sont ouvertes sur l'air parfumé de la nuit. Des serviteurs, tout de rose vêtus, vont et viennent, portant des bassins d'or pour rincer les doigts, des coupes d'or remplies de vin, des plats chargés d'énormes pâtisseries ou de fruits multicolores. L'aloès brûle dans les cassolettes, répandant une odeur enivrante. Enfin, au fond, entouré par Giafar le Barmakide et quatre autres compagnons de plaisir, éventé par deux esclaves, assis sur un divan de brocart, se tient le successeur de Mahomet. Abda se sent paralysée par la timidité.

« Allah très haut, protège-moi », murmure-t-elle.

Et s'armant de courage, elle s'avance, fière et droite, vers Haroun al-Rachid et s'arrête au bord du tapis.

Le calife continue de deviser avec ses compagnons. Abda est saisie de panique. Après avoir tant attendu ce moment, avoir tant souhaité éblouir l'émir des Croyants pour sauver son amour, elle se sent soudain petite, inconnue, misérable, devant cet auditoire prestigieux. Tous ici sont célèbres pour leur culture, leur raffinement, leur connaissance des lettres et de la musique. Certainement elle va leur paraître ridicule.

« La paix sur toi, dit enfin Haroun al-Rachid.

— Sur toi la paix, répond Abda qui s'avance pour lui baiser la main.

— J'aimerais voir ta figure », dit le calife.

L'esclave chanteuse enlève son petit voile de visage, et c'est un éblouissement. Rarement ces hommes, si épris de beauté, ont vu une peau aussi blanche, des yeux aussi langoureux, des cheveux aussi noirs.

« Prends ce coussin qui t'attend et un luth et divertis mon cœur fatigué par cette longue chasse. »

Abda s'installe sur un coussin brodé d'or. Aussitôt un esclave lui apporte un luth magnifique. Mais si grande est sa crainte d'échouer à cet étrange examen, que ses doigts sont lourds et raides et que sa voix s'étrangle dans sa gorge.

« Il faut que j'oublie le calife, se dit-elle, affolée. Il faut que je ne pense qu'à Daoul, Daoul dans sa prison, Daoul avec qui je veux vivre. »

Et fermant les yeux, ne songeant plus qu'au tendre visage aimé, elle se met à chanter un texte du poète :

« Je m'attendais à voir un homme dur et sévère, et je te découvre plus léger que le vent, plus doux que l'eau. La nuit, la poussière des comètes d'or t'accompagne ; le jour, le soleil pâlit devant ton visage. »

Le calife sourit d'un air ravi.

« Ta voix m'ensorcelle et me captive. Chante encore pour me rendre heureux. »

Abda chante longtemps. L'émotion, la crainte, l'espoir donnent à sa voix une flamme et une vibration exceptionnelles.

« Tu es une eau délicieuse, fraîche et désaltérante, dit le calife, à la limite de l'émerveillement. Mais dis-moi, de qui sont ces poèmes ? »

Abda sourit de bonheur en entendant la question tant attendue.

« De ton fidèle serviteur, Daoul de Damas, le poète aux boucles dorées, répond-elle...

— Mais je ne le connais pas, s'exclame Haroun. Où demeure-t-il, que je le fasse chercher immédiatement ? »

Et se tournant vers Giafar :

« Pourquoi me caches-tu un des plus grands poètes de l'Islam. Veux-tu que je sois malheureux ?

— Il est en prison, dit rapidement le Barmakide.

— En prison, un pareil poète ! »

Giafar précise :

« Il a endormi un muezzin pour prendre sa place et regarder l'esclave chanteuse dans son harem.

— Est-ce une raison pour me priver d'un plaisir ? s'exclame le calife, furieux. Ignorez-vous que les poètes sont les seuls à dilater de joie ma poitrine ? »

Puis se tournant vers le porte-glaive qui ne le quitte jamais :

« Massrour, fais sortir Daoul de Damas. Qu'il vienne demain participer à mon concours de poèmes. »

Puis Haroun al-Rachid se tourne vers Abda :

« Chante encore. Ta voix me fait oublier tous les tourments du pouvoir. »

Et jusqu'à ce qu'apparaisse l'étoile du matin, les

gazelles, les singes, les chiens, les oiseaux multico-lores, les éléphants, les ours, un tigre même, se ras-semblent en silence autour du palais des merveilles pour écouter la voix ensorcelante.

*

Comme la chaleur étouffante du jour pénètre de nouveau dans la petite cellule de la prison, Daoul gémit de désespoir :

« Ô Allah, viens à mon secours. Je n'en peux plus. J'ai besoin d'air, de vent, des bruits de la rue, des arbres et des fleurs, j'ai besoin des moustiques qui voltigent près du Tigre et des guêpes qui bour-donnent dans les souks, j'ai besoin... »

La voix triomphante de Pied-Bot interrompt cette longue plainte.

« Le calife t'attend ce soir au palais. Tu participe-ras au concours des poètes. Si tu gagnes, tu seras libre.

— Je m'envole, je m'envole de joie ! s'écrie Daoul en levant les bras vers le ciel. Jour béni, jour incomparable, jour merveilleux. »

Brusquement, son visage se fige dans une expres-sion consternée. Il regarde ses mains, ses habits sales et fripés.

« Qu'as-tu ? interroge Pied-Bot.

— J'ai que je suis aussi malodorant qu'une mare

en été, et que mes ongles sont sales et mes oreilles remplies de miel pourri.

— Nous irons au hammam avant d'aller au palais, dit Pied-Bot.

— Et après ? Comment m'habillerai-je ? Il est impossible que je remette ces guenilles sur lesquelles un chien ne voudrait pas dormir. »

Pied-Bot, à son tour, paraît soucieux.

« Il est vrai que tu n'es guère présentable », avoue-t-il.

Puis il ajoute :

« J'ai une idée. Lorsque je verrai Soukkar, je lui demanderai d'apporter ici des habits. »

Daoul retrouve aussitôt sa gaieté :

« C'est Allah qui t'inspire. Alors dis à la petite chrétienne que je veux un caleçon bouffant de soie bleue dont le cordon se termine par deux glands d'argent. »

Pied-Bot hoche la tête d'un air désapprobateur.

« Cette dépense est inutile. On verra à peine ton caleçon.

— Peut-être. Mais moi, j'écrirai des vers plus beaux si je sens sur ma peau la douceur frémissante de la soie et la densité brillante de l'argent. »

Pied-Bot ne trouve rien à répondre et se contente de demander :

« Que veux-tu encore ?

— Une chemise de soie assortie, puis une che-

mise à manches de moire verte, avec un de ces nouveaux revers au cou que l'on appelle col et que Giafar a mis à la mode. Je veux aussi une robe noire
délicatement brodée et un turban vert et bleu.

— Mais tout cela coûte un prix exorbitant !

— Rien n'est trop beau pour retrouver l'amour
et la liberté. »

*

Dans le khan des épices, toujours caché au fond
de l'écurie de crainte d'être reconnu, Saïd passe son
temps à jouer aux échecs avec Sarab. Il fait les questions et les réponses :

« Qu'est-ce que tu joues, Sarab ? Le roi ? Le fou ?
L'éléphant ? Oui, l'éléphant, tu as raison car cela me
gêne beaucoup. »

À ce moment-là, le cheval pousse un terrible hennissement.

Saïd tourne la tête et découvre, au fond de l'écurie, près de la porte, une incroyable silhouette portant des cheveux longs, une tunique courte et des
jambes entortillées dans des ceintures. Craignant
que l'inconnu cherche à emmener Sarab, il bondit
en écartant les bras pour protéger l'animal.

« N'avance pas ! » crie-t-il.

Un gigantesque rire lui répond. Et, malgré l'inter-
diction, l'étrange silhouette s'avance vers lui. Soudain, Saïd sent son cœur battre de joie :

« Tahir !

— Saïd ! »

Les deux amis tombent dans les bras l'un de l'autre, puis Tahir va caresser son cheval.

« Tu vas bien, Sarab ?

— Très bien, répond Saïd. Mais que fais-tu dans cet accoutrement ridicule ?

— Je fais partie de l'ambassade des Francs.

— Qui sont ces gens ?

— Des barbares qui se lavent une fois l'an, répond Tahir en riant. Mais toi, que fais-tu ici à jouer aux échecs avec un animal ?

— Je me cache. J'ai peur d'être enlevé, comme toi, par le grand cadi. »

Tahir éclate à nouveau de rire. Son bonheur est si grand de retrouver enfin un ami que des larmes lui montent aux yeux. Mais Saïd le presse de questions :

« Où étais-tu ? Où es-tu maintenant ? »

Tahir raconte son enlèvement, son séjour dans le puits, sa rencontre avec l'ambassade de l'empereur d'Occident, et comment ils campent maintenant hors de la ville, derrière la porte de fer, en attendant de voir Haroun al-Rachid. Saïd raconte sa réclusion dans le khan de son père, la mise à mort de Tahir annoncée par les crieurs du calife, et les péripéties de l'amour de Daoul qui se retrouve en prison.

« Elle ne lui fait faire que des sottises, cette beauté

aux yeux couleur de la sombre violette, constate Tahir.

— Oui, mais maintenant elle veut le sauver. C'est Pied-Bot, le gardien, qui est venu me le dire. »

Tahir se retourne pour regarder gravement le gentil visage rond de Saïd.

« Et maintenant, c'est toi qui vas me sauver la vie.

— Moi, mais comment ? » dit Saïd éberlué.

Puis, réfléchissant un instant, il précise :

« Je le pourrai certainement car mon père dit que je suis très intelligent. »

Tahir sourit en l'entendant.

« Eh bien, tu vas te servir de ton intelligence pour aller voir Constantine. Il faut que Zobeida, le jour de la réception des ambassadeurs, demande au calife de faire une course entre les cavaliers francs et les cavaliers arabes. Il faut aussi que le calife donne un éléphant au vainqueur de la course.

— Mais pourquoi un éléphant ?

— C'est un caprice de l'empereur d'Occident. Il n'a jamais vu d'éléphant et en veut un dans sa ménagerie d'Aix-la-Chapelle. As-tu bien compris ?

— Tes ordres sont sur ma tête et dans mon œil. Mais... »

Saïd jette un coup d'œil inquiet vers son ami.

« Mais si on me reconnaît... je risque ma vie. »

Tahir recommence à rire.

« Tu n'auras qu'à relever ton manteau et cacher ton visage. »

Puis il se lève.

« Maintenant j'emmène Sarab.

— Pourquoi ?

— Pour la course. »

Saïd fronce les sourcils, il réfléchit puissamment, puis s'écrie d'un air de triomphe :

« Tu vas faire la course comme si tu étais un Franc. Et si tu gagnes, tu diras que tu es le fils d'Omar, le joaillier, le Mecquois, et on ne cherchera plus à te couper la tête.

— Comme dit notre prophète Mahomet : "Bénie soit l'intelligence" », s'exclame Tahir joyeusement.

*

L'air est encore brûlant lorsque, après la prière du soir, lavé, épilé, parfumé, élégant comme un prince de l'islam, Daoul se rend au palais de l'Éternité. Les rues sont pleines de gens qui cherchent vainement la fraîcheur du soir, tandis que les vendeurs de sorbets s'époumonent :

« Sorbets aux grenades, aux abricots, aux oranges, aux citrons, aux amandes ! »

Mais Daoul s'efforce de ne rien entendre. Il se prépare au concours des poètes et cherche des vers sur tous les thèmes possibles : Allah, le calife, la beauté, la sagesse, la chasse, l'amour.

« Pourvu que le sujet soit l'amour, songe-t-il. Je serai certain d'être vainqueur. »

C'est le chambellan qui le reçoit. Sa face de concombre est encore plus longue et triste de se retrouver en compagnie du poète qui l'a ridiculisé. Sans lui adresser la parole, il lui fait signe de le suivre. Tous deux traversent des couloirs, des pièces délicieusement rafraîchies par de grands *pankas*[1] humidifiés à l'eau de rose qui sont accrochés au plafond et que des esclaves agitent inlassablement. Après la vingtième pièce, Daoul commence à s'impatienter et à craindre quelque ruse de son ennemi.

« Où m'emmènes-tu ? demande-t-il. Ignores-tu que je dois voir le calife ? »

Le chambellan ne daigne pas répondre.

Finalement, il l'introduit dans une petite pièce meublée simplement d'un épais tapis, d'un coussin, d'une écritoire d'ivoire, d'un calame et de feuilles de papier.

« Tu prépareras ici ton poème, dit le chambellan.

— Quel est le sujet ? demande Daoul avec inquiétude.

— Les pâtisseries arabes.

— Tu te moques de moi ? »

---

1. Écran de toile.

Le chambellan a un petit grognement satisfait en voyant à quel point le poète est désemparé.

« Je reviendrai te chercher dans une heure », se contente-t-il de dire avant de fermer la porte.

Daoul est totalement déconcerté. Quel épouvantable sujet ! Un thème sur lequel il n'a rien préparé du tout. Ah, quel malheur que ce ne soit pas l'amour. Puis après un moment d'abattement, il se dit pour s'encourager :

« Courage, poète aux boucles dorées. Ici, c'est la gloire ou la prison. »

Puis, brusquement, il se met à sourire.

« J'ai une idée merveilleuse. Je vais parler des pâtisseries arabes comme de l'amour », pense-t-il.

Et, tout heureux de sa trouvaille, il se met fébrilement à écrire, déchirant beaucoup de feuilles de papier.

*

Une heure plus tard, Daoul est introduit dans la salle surmontée d'une coupole où se tient le calife. Il frissonne tant l'air est froid dans cette pièce dont les doubles murs sont remplis de glace pilée. Haroun al-Rachid, un gobelet d'or à la main, est en train de rire avec ses compagnons et paraît d'excellente humeur.

« Approche, Daoul de Damas. »

Daoul franchit le tapis, baise la main de l'émir des Croyants qui lui dit :

« Déjà quatre poètes, parmi les plus fameux, sont venus nous divertir et réjouir notre cœur par leur talent. Maintenant, fais-nous entendre les vers que la pâtisserie arabe t'a inspirés. »

Daoul, debout, se met à réciter avec flamme :

Malheureux est le prisonnier privé de son amour.
Loin de vous, pâtisseries arabes, il ne supporte plus le jour.
Il n'a plus d'autres pensées que des dattes cristallisées,
des clous de girofle parfumés et des guirlandes de miel beurrées.
Loin de vous, tartes au musc et au camphre,
amandes dans l'huile de sésame écrasées,
il ne connaît que la souffrance
et les larmes d'un cœur désespéré.
Beignets farcis de crème, de miel, de noix, de pistaches...
je vous adore.

Le calife éclate d'un rire enfantin :

« Tu es un joyeux compagnon ! Tu parles des pâtisseries comme de l'amour. Puisque tu as su dilater de joie ma poitrine, je te nomme vainqueur du concours des poètes. »

Daoul s'incline respectueusement en inventant une louange :

« Tu réchauffes le monde par ta sagesse et ta

gloire, tu l'étonnes par les torrents impétueux de ton courage, tu es comme un soleil incarné dans un homme. »

Le calife est au comble de l'enthousiasme.

« Puisque ton talent est aussi séduisant que ta beauté, je te garderai auprès de moi comme poète de la cour. »

À ces mots, Daoul s'envole de joie. Poète de la cour ! Gloire tant attendue ! Bientôt, riche et magnifique, annoncé par les trompettes et les cors, il entrera triomphalement au Pavillon des Délices et épousera Abda, aux yeux couleur de la sombre violette. Puis, profitant de son nouveau pouvoir, il se vengera d'Antaki, le forcera à dévoiler l'endroit où il séquestre Tahir, et, par un équitable retour de la justice, le fera envoyer à la mort sur l'ordre d'Haroun al-Rachid.

Des esclaves lui apportent le premier cadeau du calife : une robe d'honneur en soie brodée de fils d'or. Elle comprend une veste, un caleçon bouffant, une chemise et un turban. Daoul est tellement ivre de bonheur que c'est à peine s'il entend les paroles du calife :

« Je veux que tu écrives un long poème sur la ville de Bagdad pour en raconter l'histoire et la gloire. »

Un éclair de malice brille alors dans les yeux de l'émir des Croyants.

« Et pour que tu ne t'amuses pas, pendant ce

temps, à jouer les muezzins sur les minarets, tu resteras enfermé dans ma bibliothèque jusqu'à la fin de ton travail. Tu commenceras le premier jour du ramadan. »

« Encore enfermé ! Encore éloigné d'Abda ! » songe Daoul dont la joie fait place à la consternation.

Puis il conclut avec sagesse par cette parole du Coran :

« Le destin est bicolore. Il a du noir et du blanc. »

*

Le chambellan est inquiet. L'almanach lui prédit les plus graves ennuis pendant les jours qui précèdent le ramadan. Mais quels ennuis ? S'agit-il de ce poète insolent, devenu compagnon du calife, qui le regarde d'un air moqueur en faisant des satires derrière son dos ? Ou le calife soupçonne-t-il les ambitions inavouables d'Antaki dont il est le lâche témoin. Ah ! Pourquoi tout est-il devenu si compliqué depuis le jour où le grand cadi a volé le rubis à ce garçon de La Mecque ? Et à l'idée d'être démasqué comme complice d'Antaki, de grosses gouttes de sueur perlent sur son front et il est exaspéré par tous ceux qui le dérangent pour lui demander ses ordres.

« Pour l'ambassade des Francs, faut-il mettre des

tapis par terre depuis leurs tentes jusqu'au palais ?
demande l'eunuque chargé de l'intendance.

— J'ai déjà dit qu'il s'agit d'une petite ambassade
et que l'audience ne doit pas être extraordinaire.

— Alors dis-nous exactement ce qu'il faut prépa-
rer pour demain. »

Le chambellan paraît excédé d'avoir à se répéter :

« Des tapis sur le sol et des tentures aux murs
depuis la porte du palais jusqu'à la salle d'audience,
une garde d'honneur de mille cavaliers, trois mille
bouquets de narcisses et de violettes, deux mille plateaux de fruits et de sorbets, mille aspergeoirs de
parfums et la visite du jardin des bêtes sauvages. »

Le lendemain matin, les yeux bouffis par une nuit
d'insomnie, le chambellan organise la réception des
ambassadeurs d'Occident. Dans l'ordre protoco-
laire, il fait entrer derrière le rideau les fils du calife,
le vizir Giafar le Barmakide, le grand cadi, le chef
des armées, les directeurs des bureaux. Puis, dans
la cour, il dispose de part et d'autre les gardes à cheval. Lorsque tout le monde est en place, le rideau
s'ouvre tout grand sur la salle d'audience. Au centre
de ses dignitaires, Haroun al-Rachid porte le manteau noir et le bâton du Prophète. De chaque côté
de son divan pendent neuf grands colliers dont les
pierres précieuses dépassent la lumière du soleil.
Tout autour, des gardes tiennent des massues et des

haches. Près de lui, des serviteurs chassent les mouches.

Ensuite le chambellan fait entrer dans la cour les ambassadeurs francs, qui ouvrent des yeux ronds comme des oranges tant ils sont stupéfiés par le luxe du palais. Et pendant qu'Isaac et les deux comtes s'approchent du commandeur des Croyants, le chambellan croit avoir une hallucination. Dans l'escorte franque, il vient d'apercevoir un garçon dont le nez est agrémenté d'un grain de beauté et dont l'allure et les traits sont en tout point semblables à ceux de Tahir, le fils d'Omar.

« Il est pourtant mort dans un puits, songe le chambellan. Quelqu'un l'aurait-il sauvé du trépas, ou est-ce que les Arabes ont des sosies en Occident ? »

Le chambellan s'affole. Il transpire. Il étouffe. Son cœur bat comme un tambour. Ses oreilles bourdonnent. Il sent le malheur planer sur sa tête comme un vautour noir.

C'est alors que, de derrière le deuxième rideau qui ferme la salle d'audience, s'élève la voix de Zobeida.

« Ô commandeur des Croyants, pourrais-tu organiser une course cet après-midi entre les cavaliers arabes et les cavaliers francs ? Le vainqueur obtiendrait un éléphant.

— C'est Allah qui t'inspire une aussi bonne idée », répond le calife.

Et se tournant vers Isaac :

« Dis aux ambassadeurs que la course aura lieu après la prière de l'après-midi. »

Le chambellan est saisi de panique. Pourquoi Zobeida demande-t-elle cette course ? Est-ce un piège ? Se peut-il que le garçon au grain de beauté soit Tahir ? En ce cas, qu'adviendra-t-il de lui ?

*

Tahir est heureux. Dans l'hippodrome, devant la porte du Khorassan, courbé sur son cheval, il court vers la victoire aussi vite que le faucon vers sa proie. Il ne remarque ni l'air brûlant, ni la poussière, ni la foule, ni même le calife, mais seulement le bruit des sabots de ses adversaires qui s'éloignent progressivement de lui. Il est seul en tête, dépassant ses rivaux, non pas d'une encolure, ni même d'un cheval, mais de plusieurs mètres lorsqu'il franchit la ligne d'arrivée.

Un silence consterné accueille la victoire du cavalier franc. Ainsi ces barbares aux cheveux sales sont plus rapides que les plus fameux cavaliers de l'Islam. L'honneur des Arabes, cet honneur acquis pendant des siècles dans les déserts d'Arabie, est brutalement bafoué sous les yeux du calife et de la ville tout entière.

C'est alors qu'à la surprise générale, Tahir jette le casque franc qu'il porte sur la tête, s'approche de l'estrade où se tient le calife et s'incline en disant :

« Il n'y a de puissance et de gloire qu'en Allah très haut. »

Un étonnement ravi apparaît sur le visage de l'émir des Croyants.

« Qui es-tu ?

— Je suis Tahir, le fils d'Omar, le joaillier, le Mecquois. J'ai été enlevé le jour de la fête du printemps et jeté dans un puits. Seule la miséricorde du Très-Haut m'a permis de rester en vie et de me réfugier auprès des Francs. Que ta générosité veuille bien leur accorder l'éléphant que désire leur empereur, Karlé le Grand.

— Il sera fait comme tu le désires. Mais connais-tu ceux qui ont voulu ta mort ? »

Tahir réfléchit un moment. N'ayant aucune preuve pour accuser Antaki, et craignant un autre piège, il répond avec prudence :

« Je l'ignore. Je sais seulement que le chambellan ne voulait pas que je te parle. »

La fureur traverse comme un vent d'orage le visage du calife.

« Où est le chambellan ? »

Le chambellan, plus pâle que le jasmin, arrive en tremblant.

« Ô commandeur des Croyants, je t'expliquerai ma méprise. »

Mais sans lui répondre, Haroun al-Rachid se lève et quitte l'hippodrome.

Dès que le calife a disparu, la foule en délire se met à scander le refrain de la chanson de Daoul :

« Après quoi court ce cavalier ? Il court après le grain de beauté qu'il porte sur le bout du nez sans pouvoir le rattraper. »

11

Au pays des roumis[1]

Après la prière du soir, le chambellan, au comble de la nervosité, fait les cent pas dans sa demeure. Il ressasse sans cesse les mêmes et insolubles questions : Pourquoi le calife ne lui a-t-il pas répondu ? Que signifie ce long silence après l'accusation de Tahir ? Va-t-il envoyer quelqu'un pour lui trancher la tête ? Soudain, on frappe à la porte, et un esclave du palais, tout de noir vêtu, s'incline en disant :

« Le calife m'a chargé de t'apporter ces présents. »

Aussitôt entrent une dizaine d'esclaves aux robes

_____
1. Romains d'Orient.

233

de toutes les couleurs qui tiennent des plateaux couverts de fruits, de sorbets, de pâtisseries et d'aiguières de vin. Sans attendre les ordres de leur hôte, les charmantes esclaves tendent la nappe, la couvrent de mets et de breuvages, installent les coussins.

« Approche-toi, et viens te désaltérer avec nous. »

Le chambellan est soulagé. Ainsi le calife lui a pardonné sa faute puisqu'il lui fait des présents.

Retrouvant sa gaieté, il s'assied, prend une coupe et la lève en disant :

« À la clémence d'Haroun le bien guidé. »

Trois esclaves se mettent à jouer du luth et le chambellan mange en riant avec les jeunes filles. C'est alors qu'une esclave s'approche de lui et le renverse sur le dos pour s'amuser. Une autre lui met un beau coussin brodé sur la figure. Puis un deuxième coussin, puis un troisième. Le chambellan se débat joyeusement, mais les esclaves maintiennent fermement les coussins sur son visage. Alors le chambellan cesse de s'amuser. Il se débat, il halète, il étouffe et finit par ne plus remuer du tout. Les esclaves découvrent alors la tête inanimée de leur hôte.

« Il est bien mort », dit l'une d'entre elles.

Et en riant, les charmantes esclaves s'enfuient comme un vol d'oiseaux.

*

Lorsque le soleil pâlit de quitter la terre, les trois amis sortent de la ville par la porte de fer et rejoignent le campement des Francs. Les tentes sont déjà repliées, et la petite caravane est sur le départ. Isaac vient à leur rencontre.

« Pourquoi les ambassadeurs partent-ils si vite ? demande Daoul.

— Avant de visiter la plus belle ville du monde, dit Saïd.

— Avant d'apprendre à jouer au polo, ajoute Tahir.

— Avant que j'écrive un poème à la gloire de Karlé le Grand, précise Daoul.

— Ils sont impatients de retrouver leur pays. Ici, ils ne supportent pas la chaleur, explique Isaac.

— Quel chemin prenez-vous ?

— Nous passerons par Le Caire.

— Alors, méfiez-vous des razzias », dit Daoul.

Isaac hoche la tête.

« Il n'y a plus rien à craindre. Le calife a envoyé des soldats en Arabie pour tuer ces pillards. »

Tahir pense avec douleur à Ebad. Est-il encore vivant ? Mais il n'a guère le temps de s'attarder à son souvenir car un esclave amène un magnifique éléphant.

« Il s'appelle Abbas, dit-il. Un nom de calife. L'ancêtre des Abbassides. »

Aussitôt, éclatant de fierté, Isaac s'installe sur le

royal animal. Les comtes, avant de monter sur leurs chevaux, viennent tendre leur main droite en guise d'adieu.

« Qu'Allah vous garde, crie Tahir.

— Pieux ramadan », répond Isaac.

Les trois amis regardent un moment la caravane s'éloigner vers l'Euphrate, puis Daoul se tourne vers la ville dont les minarets resplendissent au soleil couchant.

« Bagdad, dit-il, dès demain, je vais chanter tes délices, ta splendeur et ta cruauté.

— Et moi, ajoute Tahir, dès demain, je m'en vais défendre ta gloire au pays des roumis.

— Tu t'en vas ? gémit Saïd. Et moi, qu'est-ce que je vais faire sans vous ? Je ne veux pas redevenir porteur d'eau. »

Tahir éclate de rire.

« Imbécile ! Je t'emmène avec moi. Crois-tu que je puisse me passer du plus intelligent palefrenier de l'Islam ? »

Saïd sourit de toute sa face ronde.

« Quand partons-nous ?

— Cette nuit. Le calife veut que je rejoigne au plus tôt l'armée qui se trouve à Alep. »

Puis il se tourne vers Daoul.

« Espérons que, pendant ce temps, tu ne feras pas de sottise à cause des hanches rondes comme des dunes de sable. »

Lorsque le soleil se lève, Tahir, dans un uniforme noir, et Saïd, confortablement installé sur un âne, atteignent l'Euphrate. Un deuxième âne porte les armes et les bagages. Un moment, ils regardent les matelots qui déchargent sur les quais de la porcelaine de Chine, des tissus en cachemire de l'Inde, des fourrures de Russie et d'énormes tas de dattes.

« J'aimerais bien me baigner, remarque Saïd.

— C'est interdit. C'est le ramadan. Rien ne doit pénétrer dans ton corps. Allez, viens. Nous partons pour Alep. »

La route qui longe l'Euphrate est ombragée de palmiers, mais chargée d'une épaisse poussière que soulèvent les caravanes et les ânes des paysans. Saïd, après l'euphorie du départ, commence à s'inquiéter de l'avenir.

« Qui est le calife de ces Byzantins que nous allons combattre ?

— C'est une impératrice, Irène. Elle est très cruelle. Elle a tué son fils pour prendre le pouvoir.

— Et en quel dieu croient-ils ?

— En ce drôle de dieu qui a deux associés : Jésus, le fils de Marie, et l'Esprit-Saint.

— C'est le même dieu que les Francs de Karlé ?

— Le même. C'est le dieu des chrétiens.

— Et ils sont sales comme les Francs ?

— Oh ! non. Ils sont très riches et très raffinés. Ils portent des vêtements de soie, beaucoup de bijoux, et leurs églises sont pleines d'or. »

Jardins, vergers, vignes, champs de blé et d'orge se succèdent autour des huttes de jonc. Partout des paysans sont courbés vers la terre. Partout murmure l'eau qui, par de multiples canaux, va de l'Euphrate aux champs. Des poules, des oies, des canards se promènent autour des villages.

Après la prière de midi, la chaleur, devenue trop forte, les force à se reposer. Tous deux s'allongent sur le sol. Tahir s'apprête à sombrer dans le sommeil lorsque Saïd lui adresse la parole.

« Par hasard, sais-tu combien de temps va durer cette guerre ?

— Un mois, comme chaque année.

— Pourquoi le calife ne vient-il pas, lui aussi ?

— Parce qu'il fait la guerre tous les deux ans. Cette année, il fait le pèlerinage. Mais dors.

— Je n'y arrive pas. Il y a trop de moustiques. Et puis... je pense au *jihad*[1]. »

Tahir ne peut s'empêcher de sourire.

« Pourquoi souris-tu ? demande Saïd, vexé.

— Je ris de ta peur du danger. N'as-tu pas lu dans le Coran que le paradis ne se gagne qu'à l'ombre des glaives ?

---

1. La guerre sainte.

Saïd a des larmes qui lui montent aux yeux.

« Je ne suis pas pressé d'aller au paradis. »

Tahir se redresse pour regarder fixement son ami.

« Cesse de me harceler de paroles. Et ne crains rien pour cette guerre. C'est juste une petite expédition d'été pour affaiblir les Byzantins. Enfin, dors, ou au moins, laisse-moi dormir. »

Puis, Tahir se recouche sur sa natte pendant que Saïd sèche ses larmes.

*

Dans la région du Nord, les champs étroits et morcelés sont remplacés par de grandes exploitations d'oliviers et de palmiers dattiers qui s'étendent à perte de vue jusqu'au désert. Des chameaux ou des ânes tournent en rond pour faire fonctionner les norias, qui envoient l'eau du fleuve dans les rigoles d'irrigation. Au loin se dessine, sur une colline, la forteresse d'Alep.

« L'air est plus frais, ici, remarque Saïd.

— Nous sommes en altitude », explique Tahir.

Les deux amis arrivent à Alep à la tombée de la nuit, à l'heure où les tambours annoncent la fin du jeûne de la journée. Toute la population se déverse gaiement dans les étroites rues, impatiente de se nourrir et de se désaltérer. Partout les marchands étalent fruits et légumes, brochettes grillées et poissons frits, yaourts et sorbets. Saïd ouvre de grands yeux gourmands.

« Par quoi commence-t-on ? Par boire ? Par manger ? Ou par aller au hammam ?

— Nous commençons par une visite au général ! »

Dans la citadelle, Tahir présente son sauf-conduit de sécurité et la lettre du calife.

« Alors c'est toi, le meilleur cavalier de Bagdad. Eh bien, dès demain tu partiras avec mon meilleur bataillon. Nous allons attaquer la forteresse d'Ancyre[1]. »

*

Ah ! Que la chevauchée est belle ! Dès l'aube, après la prière du matin, l'escadron noir, étendards au vent, galope à travers les plaines en criant :

« Laissez passer les musulmans ! »

Personne n'ose s'opposer à ces cavaliers insaisissables, qui, dans un tourbillon de poussière et le martèlement des sabots, dévastent les champs, brûlent les récoltes et pillent les villages. Partout où passe le sabre d'Allah, les populations effrayées livrent sans résistance leurs richesses et leurs biens.

Le soir, après l'ivresse de la cavalcade, qu'il est doux de partager de plantureux repas dans les rires

---

1. Ankara.

et la gaieté. Et lorsque la lune resplendit dans le ciel, qu'il est bon de s'endormir en rêvant au paradis vert promis aux soldats qui luttent dans le chemin d'Allah.

*

Quelques jours plus tard ils arrivent à Ancyre. C'est une importante garnison dans une haute forteresse flanquée de grosses tours de pierre. L'armée déploie ses tentes, vite rejointe par l'arrière-garde. Saïd va retrouver son ami.

« C'est bientôt fini, la guerre ? demande-t-il.

— Pourquoi ? Cela ne te plaît pas ?

— Non. J'ai tout le temps peur.

— Il n'y en a plus pour longtemps. On prend cette forteresse et on rentre à Bagdad. »

À la grande joie de Saïd, les jours qui suivent sont plus calmes. Chacun campe de son côté : les chrétiens dans la citadelle, les musulmans sur le plateau. Tahir est chargé de remplir de naphte de grosses bouteilles. Ensuite, lorsqu'elles sont allumées et envoyées par des catapultes, elles dessinent dans le ciel de longues traînées de feu et provoquent de hautes flammes en atterrissant sur la forteresse.

Saïd aide à creuser la terre sous une des tours. Quand le trou paraît suffisamment grand, on le remplit de bois bien sec, et on y met le feu en criant :

« Écartez-vous, écartez-vous. »

Saïd est toujours le premier à s'enfuir. De loin, il regarde dans les interstices des pierres la chaux qui sous l'effet de la chaleur se met à fondre. Alors, quelques pierres, une à une, commencent à se détacher de la muraille et à tomber sur le sol. Puis, lorsque le socle devient trop lézardé, de grands pans de murs s'écroulent d'un seul coup dans un fracas épouvantable qu'accompagnent les cris terrifiés des chrétiens. Soudain, Tahir s'écrie :

« À vos chevaux, musulmans ! »

Tous tournent la tête pour regarder la forteresse dont on vient de baisser le pont-levis. La grande porte cerclée de fer s'ouvre toute grande et apparaissent des cavaliers semblables à des lions en courroux. Leurs étendards et leurs cottes de mailles sont décorées de croix blanches. Un roulement de tambour les accompagne. Leur chef, un blond maigre et musclé, s'adresse aux musulmans :

« Par Jésus le Christ, livrez-vous, sinon vos âmes ne tarderont pas à s'envoler de vos corps.

— Chiens de chrétiens, bientôt vous visiterez l'enfer », répond le général arabe en sautant sur son cheval. Aussitôt, les cavaliers roumis s'élancent au galop vers les musulmans.

Épouvanté, Saïd s'enfuit sous sa tente et se bouche yeux et oreilles pour ne plus rien voir et ne plus rien entendre. Au-dehors, le combat fait rage au pied de la citadelle. Les chrétiens sont de vaillants cavaliers. Les épées s'entrechoquent dans l'éclat aigu des fers, les chevaux se cabrent avec des hennissements affolés, les têtes volent comme des balles.

Longtemps, dans un nuage de poussière qui obscurcit le ciel et la terre, les ennemis s'affrontent sans que la fortune penche d'un côté plus que de l'autre. Alors Tahir se souvient des conseils du Prophète sur l'utilisation de la ruse comme arme de guerre. Il décide d'un stratagème pour affaiblir l'ennemi, s'approche donc du chef adverse et lui crie :

« Chien de roumi, oseras-tu me suivre pour m'affronter seul à seul ? »

Le chef chrétien dévisage un moment ce visage juvénile et le regarde avec un mépris amusé.

« Fils de païenne, tu es bien jeune pour te mesurer à moi. Crois-tu que ce soit par l'insulte qu'on terrasse ses ennemis ?

— Lâche ! répond Tahir.

— Que Dieu ait pitié de ton âme », s'écrie alors le chef roumi.

Tahir part au grand galop. Le chef roumi le suit aussitôt. Mais à son grand étonnement, le chrétien n'arrive pas à rattraper le jeune garçon qui l'entraîne loin des combattants. Quand les deux cavaliers arrivent dans une profonde forêt, le chrétien comprend que son rusé adversaire a cherché à l'éloigner de ses soldats pour que ceux-ci le croient mort et fassent retraite. Aussi crie-t-il d'une voix forte :

« Hé, musulman, as-tu peur de te battre pour fuir ainsi loin du combat ? »

Tahir se retourne aussitôt, les joues enflammées de honte.

« Par l'honneur des Arabes, dit-il, tu regretteras tes paroles. »

Les deux cavaliers se mettent en garde, la lance en arrêt, puis se précipitent l'un vers l'autre. Le chrétien est plus fort et plus habile au maniement des armes. Mais Tahir est plus rapide. Dès que le chrétien croit l'attaquer sur sa gauche, le garçon se retrouve sur sa droite, et profite de la surprise de son ennemi pour lui donner un coup de lance. Le roumi se fatigue à frapper en vain un adversaire insaisissable. Ses multiples blessures lui font perdre beaucoup de sang. Au premier signe d'inattention, Tahir le frappe avec une telle violence que le chef des roumis est arraché de sa monture et tombe à terre. Aussitôt Tahir lui sépare la tête du corps.

Les rayons du soleil filtrent à travers les branches comme des toiles d'araignées d'or. Tahir est très ému. C'est le premier infidèle qu'il tue pour la gloire du dieu unique. Un immense orgueil emplit son cœur, lorsqu'il se souvient de la parole du Prophète : « Nous t'avons accordé une victoire éclatante afin qu'Allah ait l'occasion de pardonner tes fautes anciennes et récentes et te dirige vers le chemin droit. »

Alors, se tournant vers La Mecque, abandonné à la main d'Allah posée sur lui, Tahir se prosterne longtemps. Mais comme il se tient agenouillé sur le sol, le lourd manteau de plomb du sommeil tombe sur ses épaules et il s'endort.

*

Lorsque l'aurore déploie ses ailes roses, Tahir revient lentement vers la forteresse d'Ancyre. Au loin, les roumis s'enfuient comme des sauterelles dispersées, emmenant quelques prisonniers. Sur la tour centrale de la forteresse flotte l'étendard noir du calife. Près du pont-levis, une masse d'esclaves chrétiens, hommes, femmes et enfants, attendent leur sort.

Les Arabes sont joyeux et font mille plaisanteries sur le combat. Dans la cour du palais, ils amassent le butin : pièces d'or et d'argent, vaisselle précieuse, bijoux, armes, chevaux, tissus coûteux qui vont être distribués aux soldats. Tahir s'approche du général.

« Irons-nous jusqu'à Constantinople ? »

Le général secoue la tête.

« Non. Cela fait déjà plus d'un mois que nous sommes en guerre. Les hommes ont envie de rentrer chez eux.

— Pourtant ce serait facile. Personne ne nous résiste.

— Ils résisteront devant Constantinople. Et puis il faut réserver cette victoire pour Haroun, le bien guidé.

— Alors que vas-tu faire ?

— Attendre ici les propositions de paix de l'impératrice Irène et le montant de la rançon qu'elle offre au calife. Une partie de l'armée rentre à Bagdad.

— Je pars avec eux », déclare Tahir.

Le général le dévisage en souriant.

« Fais comme tu voudras, puisque nous te devons en partie la victoire. »

Puis il ajoute en prenant une grosse poignée de pièces d'or :

« Voilà ta part de butin. »

*

La tente de Tahir est déserte.

« Saïd... Saïd..., appelle le garçon.

— Ce n'est pas la peine de hurler comme cela, lui dit un soldat. Un cavalier a emporté ton ami.

— Un roumi ?

— Qui veux-tu que ce soit ?

— Mais où ? Comment ? Pourquoi ? demande Tahir. N'était-il pas caché sous la tente ?

— Non. Il en était sorti. Ne te voyant plus, il te croyait blessé et te cherchait dans la bataille avec des sanglots dans la voix. »

Tahir est désespéré et honteux. Cet accident est de sa faute. Pourquoi a-t-il emmené à la guerre ce gentil visage couleur de dattes fraîches qui détestait la violence des combats ?

« Je pars à sa recherche. Il n'est certainement pas très loin.

— Rentre dans ta raison, lui dit le soldat. Tu n'as

aucune chance de le retrouver. Et que feras-tu, tout seul, au milieu des roumis ?

— Je ne rentrerai pas à Bagdad sans lui », déclare Tahir.

Et, aussitôt, il saute sur Sarab.

*

La chance est avec lui. À peine Tahir a-t-il parcouru un parasange[1] qu'il reconnaît le turban de Saïd accroché à un buisson

« Il est passé par là ! s'écrie-t-il joyeusement. Galope, Sarab, nous sommes dans la bonne direction. »

Tahir suit les traces de chevaux sur le sol. Plus loin, il trouve les chaussettes vertes que Saïd affectionne. Puis, plus rien. Le plateau est désert, et seules les marques des sabots guident le cavalier.

À l'heure la plus chaude, il arrive dans un petit bosquet aux arbres desséchés. Sarab donne des signes de fatigue. Aussi Tahir décide de prendre un peu de repos. Près de lui se dresse une chapelle, surmontée de cette croix qu'adorent les chrétiens à cause de la mort du fils de Marie. La porte est petite, les fenêtres minuscules, les murs de grosses pierres. Il y fait sombre et frais. Tahir s'étonne du grand nombre de tableaux, crucifix, statues qui

_____
1. Mesure perse : 5 250 mètres.

encombrent l'espace. Les églises chrétiennes sont bien différentes des mosquées dont le dépouillement seul témoigne de la grandeur d'Allah.

Près de l'autel se tient une silhouette brune avec un capuchon. L'homme, c'est certainement un homme vu sa haute taille, est à genoux près de l'autel. À côté de lui sont posés une cruche d'eau et un bol. Tahir s'avance à pas feutrés. Alors l'homme encapuchonné lui dit sans se retourner :

« Tu dois avoir soif, étranger. Prends cette eau pour te désaltérer. »

Tahir ne se fait pas répéter une offre aussi attrayante pour son gosier desséché. L'eau est claire mais laisse un arrière-goût amer dans la bouche. Tahir fait la grimace. Sa gorge, loin d'être rafraîchie, devient brûlante. Puis il sent son estomac se convulser en des spasmes douloureux, tandis que devant ses yeux passent de grands nuages multicolores qui tournent autour de lui à une vitesse effrayante.

« Je suis empoisonné », songe-t-il avec terreur.

Brusquement, le moine se retourne. Et Tahir reconnaît les yeux d'acier, le nez en lame de couteau, la barbe pointue de son ennemi.

« Antaki », murmure-t-il.

L'homme d'Antioche a un mauvais rictus.

« Je savais bien que tu partirais à la recherche de ton palefrenier. Tu es un garçon impulsif et dangereux qui a causé la mort du chambellan. Maintenant l'heure est venue pour toi de te présenter devant le Très-Haut. Qu'Allah confonde ton orgueil et te brûle dans le feu infernal. »

Antaki enlève alors sa robe de bure et se dirige vers la sortie de la chapelle. Sur le seuil, il se retourne une dernière fois :

« On ne brave pas impunément le grand cadi de Bagdad. »

Tahir se tord sur le sol tant ses douleurs sont atroces. Comme dans un cauchemar, il entend, au loin, des bruits confus de voix parmi lesquelles s'élève celle d'Antaki :

« Il est mort. Nous pouvons retourner à Bagdad.

— Que fait-on du petit palefrenier ?

— On le donnera comme prisonnier aux roumis. »

Lorsque le silence est revenu, Sarab, inquiet de ne pas voir revenir son maître, entre dans la chapelle. Voyant Tahir inanimé sur le sol, il se met à pousser de longs et sinistres hennissements. C'est alors qu'attirée par ces plaintes lamentables apparaît à la porte de la chapelle une petite fille d'une dizaine d'années, aux cheveux couleur de soleil, et qui tient dans son tablier rouge des chardons qu'elle vient de ramasser.

« Qu'as-tu, beau cheval ? As-tu faim ? As-tu soif ? »

Sarab hennit de plus belle.

« Cesse de me casser les oreilles. Je vais t'emmener près d'un puits, dit la petite fille en s'approchant de lui. Mon Dieu, s'exclame-t-elle, en découvrant Tahir et en laissant tomber tous ses chardons. Mon Dieu, il est mort. »

Et elle s'accroupit pour s'assurer que Tahir est bien trépassé. Puis elle se tourne vers Sarab.

« Non. Je me suis trompée. Il respire encore. Et il a un bien joli grain de beauté. Maintenant couche-toi. »

Le ton est si autoritaire que le cheval obéit aussitôt. La petite fille traîne alors péniblement sur le dos du cheval le corps de Tahir, bras ballants d'un côté, jambes ballantes de l'autre, puis saisit la bride et emmène son bizarre convoi.

*

Dans une cabane de bois, la petite fille écrase des chardons avec quelques chenilles, du miel et de la cendre. Puis elle s'adresse à Tahir, toujours évanoui, et au cheval.

« Ma grand-mère est sorcière, explique-t-elle de sa voix tranquille. Elle est partie à Constantinople pour guérir un ami de l'impératrice. Mais je connais toutes ses recettes. »

Elle met sa mixture dans un chaudron affreusement sale qu'elle pose sur un brasero. L'odeur est vite nauséabonde, et Sarab, discrètement, tourne la tête vers la porte pour respirer un air plus frais. Le mélange de la petite roumie devient rouge, puis vert, puis violet. Alors, elle le verse dans un bol et l'approche de la bouche de Tahir en lui parlant doucement.

« Il faut que tu boives, Grain de Beauté. Sinon tu ne pourras plus monter sur ton cheval avec ton joli costume noir. »

Tahir avale quelques gorgées. D'étranges bruits sortent du corps du cavalier qui font sursauter Sarab et sourire la petite roumie. Enfin il ouvre les yeux et regarde d'un air hagard la petite fille aux cheveux de soleil.

« Va-t'en, tu es la fille d'Antaki. Monstre, éloigne-toi de moi.

— Ton maître est fou », dit calmement la petite fille.

Et prenant la tête de Tahir sur ses genoux, elle lui caresse doucement le front.

« Calme-toi, beau cavalier, calme-toi et dors. Quand tu te réveilleras, tu seras guéri. »

En effet, huit jours plus tard, éclatant de santé, Tahir quitte la petite sorcière.

« Que le dieu des chrétiens te garde, Grain de Beauté.

— Qu'Allah t'apporte le bonheur », répond Tahir.

Puis, s'adressant à son cheval :

« Dirige-toi vers le Sud. Nous trouverons bien le pays des musulmans. »

*

En arrivant au bord de la mer Méditerranée, près de Tarse, Tahir se plonge avec joie dans l'agitation du port. Partout on embarque ou on décharge des marchandises, tandis que des vendeurs ambulants proposent à tous des fruits, des galettes ou des sorbets. Heureux de retrouver l'humanité, Tahir longe lentement les quais lorsqu'il aperçoit une grande foule volubile. Il s'en s'approche et demande :

« Que se passe-t-il ?

— On fait l'échange des prisonniers. »

En effet, autour d'un musulman et d'un chrétien se tiennent, de part et d'autre, un lot de prisonniers arabes et un lot de prisonniers roumis. Ils sont échangés, un à un. Soudain Tahir entend son nom.

« Tahir ! Tahir ! »

Dans le groupe des prisonniers arabes, il aperçoit, agitant ses bras en l'air, le gentil visage rond de Saïd. Vite échangé contre un énorme paysan roumi, le petit garçon court dans les bras de son ami en pleurant de joie.

« J'ai eu si peur, murmure-t-il, si peur que tu sois mort.

— Moi aussi », dit Tahir en riant.

Et il lui tend des pièces d'or.

« Dépêche-toi d'acheter un âne et nous partons pour Bagdad.

— Oh ! non, déclare Saïd. Puisque tu es tellement riche, je vais m'acheter un cheval. »

12

Le cabaret de la rue Mustafa

Pendant que Tahir parcourt le pays des roumis, Daoul se morfond dans la bibliothèque du palais de l'Éternité. De nouveau, il déchire rageusement la page qu'il vient d'écrire.

« Depuis quatre semaines tu ne fais que froisser des feuilles de papier, dit le bibliothécaire mécontent.

— Ce sont des inepties littéraires, d'une nullité absolue. Un âne aurait pu les écrire. »

Le bibliothécaire a une petite moue navrée.

« Dans deux jours, c'est la fête de la fin du ramadan et Haroun al-Rachid attend ton poème.

— C'est la faute du calife. Il me laisse mourir d'amour et il voudrait que j'aie de l'inspiration.

— En tout cas, je te conseille de la trouver rapidement, l'inspiration, sinon tu risques d'encourir sa fureur. »

Le bibliothécaire quitte la pièce, et Daoul commence une nouvelle page. Il fait terriblement chaud et les grands *pankas* humides n'arrivent pas à rafraîchir l'atmosphère. Pendant que Daoul écrit le premier mot, une mouche se pose sur sa main. D'un geste rageur il lui donne une violente claque, mais la mouche s'échappe pour se poser sur sa joue. Daoul se gifle avec force mais le malicieux insecte s'envole de nouveau pour atterrir sur le papier.

« Tu peux travailler, toi, avec toutes ces mouches ? » demande-t-il à un calligraphe, qui, une écritoire plus loin, recopie avec art le Coran.

Le jeune homme lui jette un regard surpris et continue son travail. La mouche est maintenant sur le pied de Daoul.

« Maudite mouche ! Tu oses te poser sur ma peau avec tes sales petites pattes ? D'où viennent-elles, tes sales petites pattes ? Où les as-tu posées auparavant ? Dans le souk de la viande, sur le cadavre des bêtes, pataugeant dans leur sang ? Et maintenant tu m'amènes leur infecte puanteur. »

Et, furieux, il frappe encore une fois l'insecte noir qui, encore une fois, lui échappe. Alors, fou de colère, il prend le calame, le trempe dans l'encrier et écrit :

« Bagdad ! Trop de mouches ! Trop de puanteur ! Trop de cadavres. »

Puis, rageusement, il se lève et arpente en tous sens les vingt salles de la bibliothèque, jetant des regards courroucés aux grands placards de bois fermés à clef.

Lorsqu'il se trouve dans la salle des Corans, il perçoit le bruit d'un grand remue-ménage. Aussitôt les calligraphes se lèvent et se précipitent vers la porte d'entrée. Content de ce divertissement dans un lieu toujours si silencieux, Daoul s'empresse de les suivre. Mais lorsqu'il arrive dans la première salle, il change de couleur. Près de l'écritoire du poète, Haroun al-Rachid brandit avec colère la page récemment écrite :

« Bagdad ! Trop de mouches ! Trop de puanteur ! Trop de cadavres ! Qui a écrit cela ? »

Daoul s'approche en regardant timidement ses pieds.

« Ô commandeur des Croyants, toi qui as des chasse-mouches qui empêchent ces odieux animaux de troubler la sérénité de tes puissantes pensées, songe à l'exaspération du poète. De sa main à sa joue, de sa joue à son pied, l'insolente bête vient sans cesse troubler son inspiration et l'empêche de chanter les torrents de bienfaits de ta munificence. »

Le calife, amusé, sourit :

« Je te pardonne, car Allah nous a donné les poètes pour nous faire supporter les tourments de la vie. Mais que ton poème sur Bagdad soit prêt pour la fête du ramadan, sinon crains la force explosive de ma fureur. »

*

Cette nuit-là, désespéré de ne pouvoir écrire une ligne, Daoul erre sur une terrasse du palais. Des jardins montent l'odeur lourde et grisante des jasmins et le bruit rafraîchissant des fontaines. Tout est calme et assoupi. Même les gardes, sur les tours carrées, sont assommés par la chaleur.

Daoul cherche des yeux, de l'autre côté du fleuve, le Pavillon des Délices où dort la flamme de son cœur, le souffle de sa vie, Abda, belle comme la lune. Il aperçoit alors, près d'un groupe de cyprès qui les dissimulent en partie, des hommes qui déchargent des ânes près d'un bateau amarré à la rive. Intrigué par cette activité nocturne dans la cité endormie, Daoul distingue peu à peu l'éclat de sabres et de lances.

« Qui transporte ainsi clandestinement des armes ? » se demande-t-il.

Lorsque le chargement est terminé, le bateau se dirige vers le Sud. Daoul songe un moment à l'étrangeté de l'événement, puis soudain s'écrie :

« J'ai trouvé ! Je vais écrire un poème sur les mystères de Bagdad. »

Et aussitôt il se précipite vers la bibliothèque et écrit toute la nuit.

*

Ivre de joie, al-Mataf se précipite dans la chambre d'Abda.

Il n'y trouve que Soukkar en train de ranger des voiles dans un coffre.

« Où est ta maîtresse ?

— Au hammam. »

Al-Mataf ne peut tenir plus longtemps secrète l'extraordinaire nouvelle :

« Soukkar, c'est le plus beau jour de ma vie.

— Que t'arrive-t-il ?

— Le calife achète Abda cinquante mille dinars. »

Soukkar arrête ses rangements pour demander avec humeur :

« Il la prend comme concubine ? Deux cents ne lui suffisent pas ?

— Non. Il la donne en mariage au directeur des pigeons messagers.

— Tu en es sûr ? demande Soukkar, qui s'efforce de garder son calme.

— Allah est garant de mes paroles. Est-ce que par hasard tu douterais de la chose ?

— J'en doute, en effet. Le calife est intelligent et ne saurait avoir l'idée absurde de donner une pareille beauté à un avorton. »

Al-Mataf s'approche d'elle et lui dit à voix basse :

« C'est à cause de Zobeida. Elle est jalouse. Sotte comme toutes les femmes, elle ne peut pas croire que le calife fasse si souvent venir Abda au palais uniquement pour le plaisir de l'entendre chanter. »

Soukkar reste atterrée devant une raison aussi impérieuse. Al-Mataf, que le bonheur rend bavard, explique :

« Tu comprends, le calife ne veut plus de que-
relles conjugales. Le mariage aura donc lieu dans
trois semaines, avant le départ pour le pèlerinage.
Mais tu n'as pas l'air de te réjouir ?

— C'est la mort d'Abda que tu réclames »,
répond Soukkar d'un ton sinistre.

AI-Mataf lève les bras vers le ciel.

« Allah très haut ! Pourquoi les femmes sont-elles
incapables de modération ? »

*

Les yeux d'Abda lancent des éclairs. Puis, levant
un visage douloureux, elle déclare :

« Soukkar, je vais te quitter. Cette nuit, je m'enfui-
rai en sautant de la terrasse dans la ruelle. Allah me
pardonnera.

— Je pars avec toi.

— Non. Tu restes ici. Je ne veux pas t'entraîner
dans les malheurs de ma destinée. »

Soukkar hoche la tête.

« Ignores-tu que je serai battue à mort pour avoir
laissé s'échapper cinquante mille dinars d'or ? Et
puis que feras-tu toute seule, toi qui ne sais que
chanter, danser et lire le Coran ?

— Je suis tellement malheureuse », murmure
Abda.

Soukkar lui prend les mains et lui dit :

« Je m'occuperai de tout. Nous irons cette nuit au

cabaret de la rue Mustafa. Il est tenu par une chrétienne. Elle ne refusera pas de nous cacher. »

Abda fait une petite grimace de dégoût.

« C'est un endroit où l'on sert du vin.

— Évidemment, dit Soukkar agacée. Dans les cabarets chrétiens et juifs on sert de l'alcool. Mais sinon où veux-tu aller ? À la mosquée tu serais vite reconnue. »

Abda a un pâle sourire.

« Excuse-moi. Mais le destin est si cruel. »

Soukkar répond d'un ton énergique :

« Il n'y a pas de temps à perdre en plaintes et jérémiades. Je vais vite faire des cordes avec tes robes de soie pour descendre le mur. C'est très solide la soie. »

Et pendant que Soukkar s'affaire aux préparatifs de l'évasion, Abda se prosterne longtemps pour implorer celui qui jette la clarté dans les ténèbres.

*

« La personne que vous aimez est en grand danger. Elle nécessite surveillance et protection. » Le directeur des pigeons messagers lit et relit la prévision de l'almanach. Ses doigts, habituellement agités, remuent maintenant comme des pattes de chenille ivre en faisant tinter le plateau de cuivre.

« La pauvre petite, pense-t-il, quelqu'un lui veut

du mal. Alors qu'elle doit être si heureuse de m'épouser. »

Un soupçon lui traverse l'esprit :

« C'est sans doute ce maudit poète aux boucles dorées qui veut faire échouer le mariage. »

Et, tremblant de tout son corps, il se dirige vers la cour pour appeler deux esclaves qui croisent leurs jambes à l'ombre.

« Vous allez surveiller nuit et jour, à tour de rôle, le Pavillon des Délices. Et vous me relaterez exactement tout ce que vous aurez vu et entendu.

— Tes désirs sont des ordres », répondent les serviteurs.

*

Cachées par un voile qui couvre tout leur visage et se noue derrière la nuque, drapées dans leur manteau d'été, Abda et Soukkar longent les murs et les cyprès. Sans s'apercevoir qu'elles sont suivies par un serviteur de l'avorton, elles traversent le Tigre, les jardins du Karkh, les ruelles faiblement éclairées près de la porte des Moulins, et arrivent devant une façade décorée de lanternes et de fleurs.

« C'est ici. Entre et attends-moi. Je vais parler à mon amie », dit Soukkar.

Habituée au raffinement des soirées califiennes, Abda a un haut-le-cœur en entrant dans le cabaret. Il fait sombre et l'air sent fort le vin et l'alcool de dattes. Sur un mur se déroule un spectacle de lanterne magique que les hommes, à moitié ivres, commentent avec de grands éclats de voix. Abda se fraie péniblement un passage dans l'assistance, bute contre un corps tombé sur le sol comme un buffle noir, et se réfugie dans le coin le plus obscur de la pièce.

Près d'elle, deux hommes sont assis dans l'ombre. Leur large turban sur le front et leur épaisse barbe ne permettent pas de les identifier. Ils parlent à voix très basse. La chanteuse, à l'oreille exercée, distingue cependant le nom du calife. Intriguée, elle écoute avec plus d'attention les propos de ses voisins et entend :

« La situation est devenue trop dangereuse. Depuis la mort du chambellan, le calife se méfie de tout le monde. Personne n'est plus en sécurité : toi, moi, le grand cadi, nous pouvons lui paraître à tout moment suspects et être condamnés.

— Que pouvons-nous y faire ?

— Le tuer avant qu'il nous fasse tuer. »

Et comme l'homme reste muet de stupeur devant cette nouvelle, son interlocuteur ajoute :

« Tout ira très bien. Antaki a tout organisé pour la succession. Il sera grand vizir du futur calife. »

L'homme paraît hésiter un moment avant de murmurer :

« Qu'attends-tu de moi ?

— Demain, pendant la fête de la fin du ramadan, tu feras offrir au calife cette poire. Il mourra dans les minutes qui suivront. »

Et l'homme qui vient de parler tend à son interlocuteur une forme ovale dans un mouchoir blanc. Immédiatement après, les deux voisins quittent le cabaret.

« Nous pourrons dormir ici, dit joyeusement Soukkar qui revient avec un sorbet à la main. Lève-toi, je vais te montrer la chambre. »

Abda reste immobile, comme frappée par la foudre.

« Qu'as-tu ? Tu es toute pâle.

— On veut empoisonner le calife, murmure Abda dans un souffle.

— Ta raison s'envole, répond Soukkar. C'est l'odeur du vin qui te fait perdre tes sens. Allez, viens. »

Et prenant la main de sa maîtresse, elle l'entraîne à travers la foule.

La chambre est modeste mais couverte de nattes bien propres.

« Je te dis que j'ai entendu distinctement les propos de mes voisins. Demain, pendant la fête, on donnera au calife une poire empoisonnée. »

Et Abda se tord les bras de douleur, en gémissant.

« Si je vais au palais, le calife me mariera à l'avorton. Et si je n'y vais pas, je serai responsable de sa mort. Quel malheur ! Quel destin impitoyable !

— Laisse-moi agir, dit Soukkar. Demain, j'irai à la grande mosquée pour la prière du vendredi. Je parlerai à Dos de Chameau, l'ami de Daoul. Il trouvera un moyen de prévenir Haroun al-Rachid. »

*

Le jour de la fin du ramadan, la terre sort juste de la nuit lorsque l'émir des Croyants, assis sur sa mule blanche, arrive à la bibliothèque. Le bibliothécaire, en train de faire ses prosternations matinales, se précipite pour saluer son prestigieux visiteur. Il remarque aussitôt le regard inquiet et soupçonneux, signe de la mauvaise humeur du calife.

« Je viens te voir pour chasser mes idées noires, dit Haroun. J'ai fait cette nuit un horrible cauchemar.

— Ici, comme toujours, tu retrouveras la paix du cœur, dit en s'inclinant le bibliothécaire.

— Depuis que j'ai appris la conduite du chambellan, je ne sais plus qui me trahit, ni qui m'est fidèle », explique le calife.

Le bibliothécaire s'efforce de dissiper les inquiétudes de l'émir des Croyants :

« J'ai une nouvelle copie du Coran à te montrer. Elle te fera oublier tes soucis. Tu pourras lire aussi le travail du poète aux boucles dorées. Il a terminé cette nuit. »

À côté des feuillets épars, Daoul dort à poings fermés. Jambes croisées sur un beau coussin brodé, Haroun al-Rachid lit *Les mystères de Bagdad*. Petit à petit, le sourire revient sur ses lèvres. Le bibliothécaire est enchanté.

« Réveille ce poète », ordonne le calife.

Daoul ouvre des yeux tout engourdis, les frotte de surprise, croit rêver encore, et finalement saute sur ses pieds en reconnaissant le commandeur des Croyants.

« Ton poème est admirable ! dit Haroun. J'en ai rarement lu d'aussi beau ! Ces sabres que l'on embarque à la lueur de la lune sont magnifiques. Tu as une imagination fabuleuse.

— Ô émir des Croyants, je ne les ai pas inventés. Je les ai vus de mes propres yeux, la nuit dernière, quand la crainte d'avoir encouru ta colère m'empêchait de dormir. »

Les yeux du calife retrouvent leur sombre éclat inquiet.

« Cette nuit même ? À quelques pas de mon palais ! Quelle audace intolérable ! Qui étaient-ils ?

— Dans l'ombre, et à cette distance, je n'ai pu les reconnaître. »

Et, saisi par une heureuse inspiration, il demande :

« Mais si tu me permets de quitter le palais, maintenant que mon poème est fini, je pourrai surveiller le Tigre.

— C'est le travail du préfet de police », remarque d'un air sombre le calife.

Puis il ajoute :

« Tu as peut-être raison. Je dois me méfier de tous en ce moment. Promène-toi dans Bagdad et viens me voir demain matin. »

Le calife se relève, donne quelques pièces d'or au poète, et quitte la bibliothèque, l'air plus sinistre encore qu'à son arrivée.

*

Quelques heures plus tard, après avoir fait un esclandre au Pavillon des Délices à cause de la disparition d'Abda, Daoul arrive en retard à la mosquée de la Ville ronde. Il y a tellement de monde pour la prière solennelle du vendredi que beaucoup sont assis dans la cour. Daoul se faufile à l'intérieur. En face de l'estrade où se tient le calife, le prédicateur en habits noirs, un voile de mousseline noire sur la haute calotte qui surmonte son turban, monte au *minbar*[1]. Il avance lentement et, par trois fois, frappe les marches avec son sabre pour demander le silence. Puis il commence, d'une voix tonitruante, le

_____

1. Chaire monumentale.

sermon. Daoul, désespéré par le départ d'Abda, n'est guère d'humeur à entendre les louanges du Prophète et de ses compagnons. Il cherche des yeux, parmi ces centaines de dos assis, la bosse caractéristique de Dos de Chameau. Il le découvre enfin, près du mur *kibla*. Aussi, malgré le recueillement général, il marche à travers les musulmans accroupis jusqu'au ravaudeur de tapis.

« Où se trouve Abda ? » murmure-t-il.

Le ravaudeur secoue la tête en silence.

« Et Tahir ? »

De nouveau, Dos de Chameau secoue la tête. Puis, brusquement, il tourne un visage empli de larmes et parle enfin :

« Depuis que Tahir est parti, Constantine ne vient plus me voir. Je suis désespéré. Ah ! quel chagrin nous donnent les enfants ! »

Entre les deux étendards noirs plantés en haut de la chaire, le prédicateur évoque la crainte du jugement d'Allah. Sur les visages se lisent la crainte et l'émotion les plus vives. C'est alors que Daoul aperçoit, dans l'embrasure de la porte, une petite silhouette, haute comme trois pommes, portant des sandales couleur miel.

« Soukkar ! » murmure-t-il.

Sans attendre la fin du sermon, il dérange à nouveau les musulmans pour rejoindre la porte.

« Où est Abda ?

— Au cabaret de la rue Mustafa, dit la petite chrétienne à voix basse. Nous avons des choses terrifiantes à t'apprendre. »

Un croyant s'approche d'eux.

« N'as-tu pas honte, dit-il à Daoul, de bavarder pendant le sermon ?

— Je m'en vais, dit Soukkar à voix basse. Mais viens vite. La situation est grave. »

Daoul rentre dans la mosquée, le cœur agité d'espoir et de crainte. Que fait Abda dans un cabaret où l'on sert du vin ? Qu'a-t-elle à lui apprendre de si grave ? Il ira la rejoindre dès la fin de la prière. Mais, auparavant, il ira dépenser les pièces d'or du calife pour s'acheter des habits neufs. Après une séparation de deux mois, il faut qu'Abda ne soit pas déçue par son poète et ait, à le revoir, un véritable éblouissement.

*

Pendant que Daoul fait des emplettes pour être aussi radieux que la brillante lune, une partie de l'armée arrive près de la capitale par la route du nord. Tahir sourit de bonheur en voyant devant lui les glorieux minarets de la ville de la paix.

« Quelle vie merveilleuse nous allons avoir : courses à cheval, polo, chasse, fêtes au palais, soirées dans les cabarets au bord du Tigre, promenades en gondole... »

Tahir arrête son idyllique description en voyant la mine renfrognée de Saïd, qui jette partout des regards méfiants.

« Qu'as-tu donc ? Tu n'as pas l'air réjoui.

— Je regarde si Antaki est dans les parages », dit-il gravement.

Tahir éclate de rire :

« Cesse de voir Antaki partout, il me croit mort. Et sache, comme dit le Prophète, que nul ne sait l'inconnu hormis Allah le Très-Haut. »

Puis il se ravise :

« Tu as peut-être raison. Ne rentrons pas avec l'armée. Passons par le sud et la porte des Moulins. »

*

Assis sur des nattes devant leurs portes, les habitants de la rue Mustafa profitent du jour de congé de la fin du ramadan. Ils boivent, discutent, jouent aux échecs et interpellent joyeusement le fringant soldat qui revient de la guerre.

« Hé ! cavalier, tu les as écrasés ces roumis !

— On dit que vous avez pris Ancyre à ces mécréants ! Est-ce vrai ?

— Mais c'est Grain de Beauté, s'exclame un autre. Viens t'asseoir avec nous, cavalier de Bagdad. »

Tahir, très fier d'être reconnu, s'apprête à accepter l'offre généreuse, lorsqu'il entend une voix connue au fort accent étranger.

« Glace, ma glace, pour vos sorbets, pour vos jus de fruits, pour vos yaourts, glace, ma glace. »

Tahir reconnaît alors la large silhouette du Persan avec qui il cassait de la glace en hiver.

« La paix sur toi ! lui crie-t-il.

— C'est le garçon d'Arabie, s'exclame joyeusement le marchand ambulant en s'approchant de lui. Tu vois, je suis toujours dans la glace. Qu'es-tu devenu ?

— Je reviens du pays des roumis. »

Soudain le Persan le dévisage avec stupéfaction :

« Ton nom est bien Tahir ?

— Oui.

— Je viens de l'entendre crier. Derrière ces maisons, dans une ruelle déserte, trois hommes installaient une fille sur un chameau. Elle appelait : Daoul ! Tahir ! Daoul ! On l'a aussitôt bâillonnée. »

Tahir, stupéfait à son tour, se tourne vers Saïd :

« Vois-tu qui cela peut être ? Nous ne connaissons personne dans ce quartier.

— Il y avait une autre fille, précise le Persan, avec des sandales couleur miel. Une chrétienne, sans doute.

— Soukkar, s'écrie Tahir. Soukkar et Abda.

— C'est un piège d'Antaki, gémit Saïd. Je te l'avais dit. Tu ne veux jamais me croire.

« — Montre-moi le chemin, dit Tahir au Persan. Saïd vendra ta glace.

— Des dattes ! répond Saïd. J'irai avec vous. »

Derrière le cabaret se trouve la ruelle où Abda a été enlevée. Elle est déserte.

« Le chameau regardait vers le Tigre, précise le marchand de glace.

— Allons-y immédiatement », décide Tahir.

Les trois compagnons ont le plus grand mal à avancer parmi la foule qui déambule, nonchalante et joyeuse, au milieu de la chaussée. Le Persan agite frénétiquement sa sonnette en criant :

« Place ! place au cavalier !

— Pourquoi es-tu si pressé ? demande un homme. La guerre est finie. »

Au bord du Tigre, il n'y a pas le moindre chameau. Les caravansérails sont fermés en ce jour de fête, et les chiens aboient sans cesse derrière les lourdes portes de bois.

« On a perdu leur trace », conclut Tahir.

Comme ils longent tristement le Tigre dans l'air brûlant du vent du sud, Saïd s'exclame :

« C'est le parfum d'Abda. »

Tahir hausse les épaules.

« Tu ne vas pas faire comme Daoul et sentir Abda à tous les coins de rue. »

Saïd s'énerve :

« Tu crois toujours avoir raison. J'ai porté assez

de lettres pour Daoul pour reconnaître ce parfum. Il est très rare. C'est du musc de gazelle. »

Et dressant son doigt dans le vent, il ferme les yeux, puis montre le fleuve en aval et déclare :

« Cela vient de là-bas.

— Du Tigre ? Tu as déjà vu un chameau marcher sur l'eau ? » réplique Tahir.

Puis après un moment de silence, il s'exclame :

« La gondole ! Elle est peut-être dans la gondole qui descend le fleuve. »

Sur le fleuve en effet, une gondole, solitaire à cette heure trop chaude, surmontée d'une tente octogonale fermée sur quatre côtés, s'éloigne de la rive.

« J'y vais », dit Tahir.

Avec sa coutumière rapidité, il saute de cheval,

enlève sa veste et sa tunique, garde sa ceinture et plonge dans le fleuve. Poussé par le courant, il atteint vite l'embarcation. À l'avant, derrière un eunuque qui sommeille sous la chaleur, les rameurs rythment leurs efforts au son de vieilles mélopées. La tente se trouve à l'arrière. Silencieux comme un serpent dans le sable, le nageur se hisse sur le rebord, sort son couteau et fend la toile de la tente. À l'intérieur, bâillonnées, Abda et Soukkar sont assises, à pleurer sur la destinée.

« Chut ! » murmure Tahir.

Rapidement il tranche les bâillons.

« Vous savez nager ?

— Oui, répond Soukkar. Mais Abda ne sait pas.

— Tu t'accrocheras à mon cou. »

Tous trois glissent dans l'eau tiède du fleuve, tandis que la gondole s'éloigne dans le chant des rameurs.

Sur la berge, Saïd et le Persan les attendent.

« C'est Antaki qui t'a enlevée ? demande le jeune garçon.

— Non. C'est le directeur des pigeons messagers. Il veut m'épouser.

— Décidément, tu fais faire des sottises à tout le monde, constate Tahir.

— Ne plaisante pas, dit Abda. On veut tuer le calife ce soir. Avec une poire empoisonnée. »

Tahir réfléchit vite en frottant son grain de beauté.

« Saïd et moi, nous irons ce soir au palais. Toi, tu vas te cacher dans le harem de la maison du savant. Avec un peu de chance, il aura vu ton arrivée dans les étoiles. Le Persan surveillera sa maison. »

Saïd ajoute en riant :

« Les quatre femmes du savant se disputent sans cesse, mais elles font très bien la cuisine. Et nous, ajoute-t-il avec majesté, nous sauverons la vie du calife. »

13

Le pèlerinage de La Mecque

C'est la liesse au palais pour fêter la fin du ramadan. Dans les jardins, de petits kiosques couverts de tapis, de coussins et de tentures, accueillent les visiteurs. Les serviteurs jettent des fleurs, aspergent les convives de parfums, servent des sorbets, des fruits, des brochettes de viande grillée et des pâtisseries. Dans les bosquets, des musiciens jouent du luth, et des jongleurs font des tours. Deux bateleurs, portant sur la tête un masque de lion et un masque de faucon, jettent partout des regards scrutateurs.

« Le voilà », dit l'un.

Et tous deux s'approchent de Daoul dont le visage est sinistre.

« Où vas-tu l'ami, avec cet air lugubre ? dit le masque de lion.

— Qu'Allah t'emporte, répond Daoul.

— Délicieux convive, remarque le masque.

— Ne te moque pas de l'amoureux dont la bien-aimée a disparu, dit Daoul.

— Une femme ne s'envole pas comme la fumée », constate son interlocuteur.

Les deux bateleurs relèvent alors leurs masques, et Daoul reconnaît Tahir et Saïd.

« Que faites-vous dans cet accoutrement ridicule ?

— On espionne, répond Saïd. Le calife est en danger.

— Et Abda ?

— En danger de mort, ajoute Tahir.

— Abda est en danger de mort ?

— Mais non, abruti, le calife est en danger de mort. Abda est tranquillement cachée dans la maison du savant.

— Je m'envole, je m'envole de joie, s'exclame Daoul qui s'éloigne en courant.

— Mais où vas-tu ?

— Rue Rouge. »

Saïd s'indigne :

« Quel piètre musulman ! Il se fiche du calife comme d'une guigne.

— Décidément cette fille lui fait perdre l'esprit, conclut Tahir. Mais nous n'avons pas de temps à perdre. Il faut mettre notre plan à exécution. »

Tahir et Saïd remettent leurs masques et se dirigent vers les cuisines. Ils traversent la salle des pâtisseries, celle de la viande, celle des légumes, et arrivent dans celle des fruits. Là, Saïd commence à faire quelques pirouettes. Il est très maladroit. Ses jambes, au lieu de se tendre bien droites vers le ciel, se plient lamentablement.

« Quel pitoyable bateleur ! remarque l'un.

— Il est drôle quand même », ajoute un autre.

Saïd, imperturbable, continue à faire de gauches pitreries. Puis il imite le faucon qui s'envole et fonce sur sa proie, en bousculant tout le monde et en créant un grand désordre dans l'assistance.

Pendant que son ami accapare les cuisiniers et les esclaves, Tahir examine les lieux. Il remarque vite un serviteur isolé, qui, profitant de la distraction générale, tire de sa manche un mouchoir, l'ouvre, en sort une poire, et la pose sur une assiette d'or. Puis il saisit l'assiette et quitte la pièce. Tahir le suit discrètement.

Le serviteur traverse la foule bavarde et bariolée et arrive près du palais des merveilles où se tient le calife, assis sur son divan rose. Tout autour, le vizir

Giafar, le grand cadi et des dignitaires se tiennent debout dans leurs robes d'honneur. Près de lui, une esclave chasse les mouches. Le serviteur, alors, vient déposer la poire sur le plateau de cuivre devant le calife. Haroun al-Rachid s'empare du fruit et s'apprête à le porter à sa bouche, lorsque Tahir, arrachant son masque, s'écrie :

« Ne mange pas cette poire, ô émir des Croyants, elle est empoisonnée. »

Le calife arrête son geste, et jette sur le serviteur un regard impitoyable.

« Mange la poire », ordonne-t-il.

Le malheureux esclave roule des yeux effrayés.

« Mange cette poire ou je te fais couper la tête », répète le calife avec colère.

Déjà Massrour s'approche, la main sur le fourreau de son sabre. Le serviteur tremble de tout son corps. Il jette dans l'assistance des regards implorants, dans l'espoir d'un improbable salut. Alors lentement, très lentement, il croque un morceau du fruit. À peine a-t-il avalé la première bouchée qu'il pousse un cri, se plie en deux de douleur, et tombe sur le sol avec d'atroces gémissements. Le calife change de couleur en regardant l'agonie du serviteur, agonie qui lui était destinée. Puis il jette de longs regards soupçonneux et inquiets sur les personnes qui l'entourent. Toutes sont figées de stupeur. Tahir s'aperçoit alors que le grand cadi a disparu.

*

Dans une salle d'audience privée, Tahir explique au calife son voyage au pays des roumis, la rencontre d'Antaki déguisé en moine, la conversation de la rue Mustafa, le complot prémédité par le grand cadi pour mettre un de ses jeunes fils sur le trône et en être le grand vizir.

« Antaki ! murmure le calife, bouleversé, l'homme en qui j'avais le plus confiance. »

Puis le chagrin fait place à la fureur.

« Le chien ! S'imagine-t-il que je me laisserai assassiner comme les précédents califes ! »

Comme un fou furieux, il soulève les coussins et les tentures pour démasquer un ennemi caché.

« Ma vengeance sera impitoyable, dit-il. Mais en attendant, ne parle de ce complot à personne. Sinon je te ferai couper la langue.

— Que vas-tu faire ? demande Tahir.

— Je partirai pour le pèlerinage afin que personne ne se doute de mes soupçons. Là, Allah conduira mes actions. »

Puis il appelle Massrour :

« Fais rechercher Antaki dans tout l'empire.

— Antaki ! s'étonne le porte-glaive.

— J'ai bien nommé le grand cadi de Bagdad. Qu'on me l'amène pieds et poings liés. »

Dans les yeux du calife passe un immense accablement. Il ajoute d'un ton las :

« Va chercher Daoul de Damas. Dis-lui de venir chasser mes soucis.

— Tu le trouveras rue Rouge, chez le savant », dit Tahir en dissimulant un sourire.

*

La joie illumine le visage de Daoul lorsqu'il s'arrête au bord du tapis et s'incline devant le calife.

« La paix sur toi, commandeur des Croyants.

— Réjouis-moi le cœur, poète, car de lourdes menaces ont assombri mon âme. »

Daoul, d'une voix triomphale, déclame aussitôt une louange :

« À tous ceux qui fomentent dans la fange les sombres nœuds du mensonge et de la trahison, tu opposes ton visage brillant comme un soleil, ton âme qui a l'éclair de la lame du sabre. À l'heure cruelle et amère du danger, Allah confondra tes ennemis, et les foulera aux pieds comme le grain broyé par les bestiaux. »

Le calife a un pâle sourire.

« Qu'il est heureux d'avoir un homme pareil près de soi ! Que puis-je te donner pour te récompenser d'alléger la tristesse qui m'accable ? De l'or ? Un palais dans un beau jardin ? »

Daoul s'incline avec modestie.

« Ô commandeur des Croyants, je ne demande qu'une chose, plus précieuse pour moi que la pluie qui fait fleurir la terre.

— Qu'est-ce donc ? demande le calife intrigué.

— D'épouser Abda, l'esclave chanteuse qui ravit tes oreilles. »

Le calife reste perplexe.

« Je l'ai déjà promise au directeur des pigeons messagers, pour faire plaisir à Zobeida. Je ne peux plus te la donner.

— Alors jette-moi dans le fleuve avec une pierre au cou, ou fais-moi trancher la tête, car je ne saurais vivre loin d'elle. »

Devant cette réponse pathétique, le calife est saisi d'un long fou rire qui paraît à Daoul aussi incongru qu'interminable. Enfin Haroun dit :

« Les poètes ont la langue facile et excessive. Viens demain, après la prière de l'après-midi, dans la petite salle d'audience au-dessus de la coupole. Je verrai si tu as dit la vérité. »

*

Le lendemain, Tahir et Saïd accompagnent Daoul jusqu'au palais. Le poète est nerveux et inquiet.

« Que diras-tu au calife ? demande Saïd.

— Que sans elle, je serai comme une nuit sans lune, un verger sans arbres.

— Un cavalier sans cheval, une tempête sans vent, dit Tahir.

— Une pâtisserie sans sucre, un khan sans marchandises », ajoute Saïd.

Daoul n'apprécie guère l'humour de ses deux amis.

« Peut-être ne me reverrez-vous plus vivant, dit-il d'une voix étranglée en franchissant la porte du palais.

— Ne t'inquiète pas, lui crie Tahir. Si le calife la donne à l'avorton, nous l'enlèverons sur un cheval et nous la cacherons dans une oasis. »

Le cœur battant à tout rompre, Daoul monte au deuxième étage jusqu'à la salle de réception privée qui se trouve au-dessus du dôme de la grande salle d'audience, et qui est elle-même surmontée d'un petit dôme. Le calife est entouré de quelques dignitaires. Le directeur des pigeons messagers est déjà arrivé. Le calife prend la parole :

« Cet homme dit qu'il aime Abda plus que toi, qu'il ne peut vivre sans elle, et qu'étant donné sa richesse et sa maturité, il pourra lui apporter le bonheur. »

Devant l'attitude sévère et décidée du calife, Daoul s'affole et perd son assurance. Son cerveau, d'habitude si fécond, est totalement vide, et aucune phrase élégante ne lui vient à l'esprit. Il se contente de répéter comme un abruti :

« C'est impossible, c'est impossible. »

Le calife, surpris et déçu par une si piètre défense, décide alors :

« Puisque tu n'as rien d'autre à dire en ta faveur, je donne l'esclave chanteuse nommée Abda au directeur des pigeons messagers. »

Daoul reste hébété et stupide. Son visage devient vert et de brefs gémissements sortent de sa gorge. Puis, comme un égaré, il saisit ses élégantes babouches et se frappe le visage de désespoir.

« C'est impossible, c'est impossible », répète-t-il comme un homme ivre.

Enfin, sa raison s'envolant tout à fait, il court vers la fenêtre sans que les serviteurs aient le temps de l'arrêter et saute par-dessus bord. Après un bref silence, on entend un grand cri.

Alors le calife, imperturbable, se tourne vers le directeur des pigeons messagers :

« Tu as dit que tu aimais cette chanteuse plus que le poète. Démontre maintenant ton amour. Saute à ton tour dans le jardin. »

Le directeur des pigeons messagers hésite, s'approche de la fenêtre, puis recule, s'en approche de nouveau, recule une deuxième fois, enfin se tourne vers le calife :

« Je crois que je peux vivre sans Abda », finit-il par avouer.

Le calife a un fin sourire.

« Après la manifestation de cette justice éclatante, je déclare que c'est Daoul de Damas qui aime le plus l'esclave chanteuse. C'est donc lui qui l'épousera... s'il est encore vivant. »

Le calife s'approche alors de la fenêtre. En bas, dans le jardin, Daoul est tombé dans un grand laurier-rose, le derrière vers le sol, les bras et jambes en l'air. Il se débat furieusement dans les branches pour retrouver son équilibre tout en vociférant :

« Allah très haut, pourquoi m'obliges-tu à vivre loin d'Abda ? Je sens que je vais m'évanouir de chagrin. Déjà le désespoir fige le sang dans mes veines. Je meurs, mes amis, je meurs, et cela est préférable à une vie séparée de sa beauté affolante. »

Le calife a un sourire amusé.

« Qu'on lui apporte cinquante mille dinars d'or pour qu'il rachète l'esclave chanteuse. Et qu'il m'accompagne durant le pèlerinage pour chasser mes soucis. »

*

Quelques jours plus tard, al-Mataf et Daoul se retrouvent dans la maison du savant. Le maître du Pavillon des Délices trempe le calame dans une écritoire de cuivre et écrit :

« J'atteste que celui qui écrit est al-Mataf, fils d'al-Mataf, de Bagdad, et qu'il a vendu à Daoul, fils d'Hassan, de Damas, une esclave chanteuse du nom

d'Abda pour la somme de cinquante mille dinars, sans plus. »

Puis il scelle le contrat avec le sceau de sa bague.

« Vous m'êtes témoins, dit alors Daoul, en s'adressant au savant, à Tahir, à al-Mataf, et à Malik, que dès cet instant, j'affranchis et libère cette esclave que je viens d'acheter et que j'en fais mon épouse. »

Alors, derrière le rideau, s'élève la voix ensorcelante :

« Ton désir est un ordre et il est sur ma tête et dans mes yeux. »

Aussitôt les serviteurs du savant, et d'autres, venus pour l'occasion, tendent la nappe et la couvrent de mets et de boissons. On illumine la pièce de chandelles. Daoul est beau comme la lune dans des vêtements de soie multicolores.

Ils sont nombreux à venir rue Rouge, à pied, en gondole ou sur leurs mules. Cavaliers du calife, poètes et chanteurs, gardien de prison et ravaudeur de tapis, tous les amis des bons et des mauvais jours viennent rire et chanter.

Après le repas, entrent les femmes. Alignées sur deux rangs, une voilette de soie blanche sur le visage, les épouses du savant et les esclaves chanteuses du Pavillon des Délices traversent la pièce et se dirigent vers le harem. Au milieu d'elles, portant une robe blanche et un long voile blanc tissé d'or, Abda s'avance, soutenue par la première épouse du savant. On murmure d'admiration sur son passage. Lorsque toutes les femmes sont entrées dans le harem, Daoul y pénètre à son tour.

Dans la chambre de déshabillage, les femmes enlèvent à Abda sa robe, ses chemises, son caleçon bouffant, en disant pour chaque vêtement : « Au nom d'Allah », afin de conjurer le mauvais œil. Puis après l'avoir couverte de parfum au musc de gazelle, elles lui mettent une fine chemise et la font entrer dans la chambre où l'attend Daoul. Et, avec des petits rires ravis qui ressemblent à des pépiements de moineaux, elles referment soigneusement la porte.

*

Hors des murs de Bagdad, la caravane du pèlerinage s'étend comme une ville. Il fait encore nuit, et les innombrables torches portées par les esclaves font du campement un ciel étoilé. Partout les chameaux, les ânes, les chevaux et les milliers de pèlerins, venus de tous les coins de l'Islam pour se joindre à la caravane, sont prêts à partir et attendent le calife. Il apparaît enfin à la porte de la ville. Devant lui, des esclaves déroulent un tapis pour que ses pieds ne touchent pas le sol. Dès que le calife rejoint son chameau, un esclave apporte un escabeau que le calife emprunte pour monter dans son palanquin noir brodé d'or. Aussitôt le tambour sonne le départ de la caravane.

« Regarde ce visage, dit Tahir indigné en montrant Saïd. Il n'a pas l'air heureux.

— Quoi ! s'exclame Daoul. Ton cœur n'éclate pas de joie à l'idée de voir la Ville sainte ? Sais-tu que tes humbles lèvres vont embrasser la pierre que l'ange Gabriel donna à notre ancêtre Ismaël ? Que ton corps revêtira le vêtement d'Abraham ? Songes-tu que tes modestes pieds emprunteront le chemin du Prophète ?

— Je songe à Antaki, interrompt Saïd imperturbable.

— Cet enfant est têtu comme une mule, constate Tahir. Sa seule obsession est de rester en vie.

— Évidemment, ce n'est pas vous qui avez été vendu aux roumis, grogne Saïd.

— Antaki a choisi le plus intelligent de nous trois », conclut Tahir en riant.

Puis il monte sur son cheval et Daoul sur son chameau. Saïd hausse les épaules ; il saute à son tour à cheval en murmurant :

« Ils peuvent toujours se moquer de moi. Ils s'apercevront bien, un jour, que j'ai raison d'être méfiant. »

*

Quinze jours plus tard, la caravane campe pour la nuit au milieu du désert d'Arabie. Dans sa grande tente noire surmontée d'une coupole, le calife n'arrive pas à dormir. La crainte de la trahison resurgit dans son cœur. Le calife passe sa main sur son front en sueur et décide d'aller se dilater la poitrine en marchant dans l'air frais de la nuit.

La ville de toile s'étend à perte de vue dans un silence total. Les gardes qui surveillent sa tente sont assoupis. Le calife avance entre les tentes et les corps allongés dans leurs couvertures. Au bord du campement, sur une colline, il aperçoit une petite silhouette assise. Intrigué, il s'approche. La silhouette se précise : c'est un jeune garçon qui, tout seul, joue aux échecs.

« La paix sur toi », dit le calife.

Saïd, reconnaissant le commandeur des Croyants, rougit de confusion et saute sur ses pieds.

« Sur toi la paix.

— Que fais-tu, tout seul, à l'heure où tout le monde dort ?

— Je surveille.

— Et qui donc surveilles-tu avec tant d'attention ?

— Antaki. J'ai peur qu'il vienne nous tuer, Tahir et moi. »

Le calife le regarde d'un air amusé.

« Et moi ? Crois-tu qu'il veuille aussi me tuer ?

293

— Oui, répond Saïd gravement. Mais d'abord, il tuera Tahir qui, chaque fois, l'empêche de te tuer, toi.

— Je vais voir si tu es un bon stratège, dit le calife d'un air sombre. Nous allons jouer aux échecs. »

Pendant que la lune se promène tranquillement dans le ciel, Haroun al-Rachid perd la première et la deuxième partie. Il est vexé de se faire battre par un gamin.

« Crois-tu qu'un bon stratège laisserait perdre celui qui tient sa vie entre ses mains ? » demande-t-il.

Saïd ne se laisse pas intimider.

« Je laisse gagner le grand eunuque de Zobeida parce que je suis pressé de parler à Constantine. Mais je n'ai pas de raison de laisser gagner un calife qui ne croit pas que la vie de Tahir et la mienne sont en danger. »

Le calife s'amuse de cette obstination.

« Tu m'as diverti, dit-il, et je tiens à te garder près de moi. Veux-tu faire partie des joueurs d'échecs de mon palais ? »

Saïd dodeline la tête d'un air perplexe :

« Je préférerais tenir ton étrier.

— Comme tu voudras, dit le calife. Tu tiendras mon étrier et tu joueras aux échecs pendant mes chasses et mes campagnes militaires. »

À ce moment-là, le son du cor sonne l'appel à la prière du matin.

*

Au pied de La Mecque, la caravane déploie ses tentes. Impatient et ému, Tahir entre dans sa ville natale. Il a grande envie d'aller voir ses parents pour les rassurer sur son sort. Mais comment oser affronter son père après avoir perdu le rubis de Zobeida ? En méditant sur cette grave question d'honneur, il erre dans les ruelles en pente le long des collines. Sur une petite place, il rencontre un attroupement bruyant. Curieux, il s'approche et découvre, au milieu de l'assistance émerveillée, l'éléphant Abbas, qui, aux ordres d'Isaac, prend de l'eau dans une fontaine et arrose les spectateurs.

« Isaac ! s'écrie Tahir, que fais-tu là ?

— Je gagne ma vie, répond le juif.

— Mais qu'est devenue l'ambassade de Karlé le Grand ?

— Ils sont tous morts dans le désert d'Arabie. Aussi je vais continuer seul mon chemin jusqu'à Aix-la-Chapelle. Mais viens », ajoute-t-il d'un air mystérieux.

Un peu à l'écart de la foule qui entoure Abbas, Isaac dit à voix basse :

« Je reviens de Médine.

— Et alors ?

« — À Médine, j'ai découvert un complot. Des gens qui veulent tuer le calife pour le remplacer par un de ses fils.

— Antaki ! Il est à Médine ! s'exclame Tahir.

— Antaki, j'ai entendu ce nom-là. Pendant la nuit, on apporte des armes dans une maison.

— Il faut que j'aille prévenir le calife », décide immédiatement Tahir.

Et, abandonnant son compagnon, il court vers la tente royale.

Haroun al-Rachid est en train de mettre la tenue du pèlerin, simple costume composé de deux rectangles de grosse toile blanche : l'un que l'on attache autour des reins, l'autre que l'on jette sur une épaule. Puis Haroun enlève tous ses bijoux et se dirige vers la Kaaba en récitant ses prières.

Tahir, qui connaît la grande piété du calife d'Allah, n'ose pas le déranger pendant ce parcours sacré et suit le cortège en piétinant d'impatience. À la suite de l'émir des Croyants, il entre dans la cour de la mosquée, au milieu de laquelle se dresse la Kaaba recouverte d'un voile de brocart tout neuf. À l'angle nord du sanctuaire cubique, Tahir baise à son tour la Pierre noire. Il court plusieurs fois autour du sanctuaire puis, toujours d'un pas rapide, quitte la cour de la mosquée pour gagner un rocher à quatre cents mètres de là. Enfin, six foix de suite, il refait à la course le chemin qui va du rocher à la Pierre noire.

Lorsque le calife a terminé ses prières devant la pierre donnée à Ismaël par l'ange Gabriel, Tahir s'approche et lui dit à voix basse :

« Antaki se trouve à Médine. »

Un éclair brille dans les yeux du calife qui contient cependant sa fureur. Enfin il déclare d'une voix sourde :

« Ne laissons aucune querelle troubler ce temps sacré du pèlerinage. C'est un temps de paix. Pendant sept jours, ne parle à personne de ce que tu viens d'apprendre. »

*

Quatre jours plus tard, les pèlerins font des provisions d'eau et s'engagent dans la vallée désolée de Mina. Le lendemain, ils arrivent sur les pentes du mont Arafat où le Prophète a prononcé son sermon d'adieu. Ils sont des milliers dans la plaine immense à regarder le mont de la miséricorde. Sur la pente de la montagne, un orateur, monté sur une chamelle, récite des prières. Tout l'après-midi, à chaque invocation, la foule répond avec ferveur : « Me voici à Toi, Allah, me voici à Toi. »

Vers la fin de l'après-midi, tous les pèlerins, bouleversés, s'inclinent vers le sol. Dans la lumière d'un soleil rasant, les milliers de dos blancs ressemblent à un grand tapis clair dans la vaste plaine aux cailloux noirs. Soudain, Saïd relève la tête et aperçoit, au loin, sur la colline, une haute silhouette à cheval qui examine les pèlerins.

« C'est Antaki, murmure-t-il. Il nous surveille. Mais je le surveillerai encore davantage. »

Dès lors, Saïd, transformé en vigie, ne prête plus grande attention aux cérémonies du pèlerinage. Scrutant sans cesse l'horizon, c'est l'esprit bien distrait qu'il lapide la stèle qui représente Satan. C'est toujours aussi préoccupé qu'il répète le geste du sacrifice d'Abraham en tuant un mouton. C'est encore en épiant son ennemi qu'il se fait raser la tête pour l'offrande des cheveux. Enfin, après la dernière course en direction de La Mecque, dès qu'il se retrouve désacralisé, il se précipite pour rejoindre Tahir. Celui-ci, déjà sorti de la ville, se dirige vers sa tente.

« Ce pèlerinage fut une immense joie, dit-il, souriant, en découvrant son jeune ami.

— J'ai à te parler, dit Saïd gravement. J'ai vu Antaki pendant le pèlerinage.

— Tu as eu une vision. Le territoire de La Mecque est sacré. D'ailleurs, comme tu as pu le constater, il n'est rien arrivé.

— Mais pourquoi ne me crois-tu jamais ? s'indigne Saïd avec colère.

— Parce que la peur te fait voir partout des ennemis imaginaires. Allons plutôt retrouver Sarab. J'ai besoin de courir un peu. »

Comme les deux amis s'approchent de la lisière du camp, près de l'enclos réservé aux chevaux, Saïd aperçoit, devant le mur d'une tente, une ombre immobile, dont il discerne nettement le contour d'un cheval, d'un homme et d'un glaive dressé. Il saisit alors le poignet de Tahir qui le dévisage avec surprise. D'un rapide clin d'œil, Saïd lui désigne la silhouette que dessine le soleil sur le sable. Les yeux de Tahir se mettent à briller de l'éclat de la ruse.

« Continue à parler, susurre-t-il, comme si j'étais avec toi. »

Et, sans autre commentaire, il fait marche arrière et se met à ramper à travers les tentes vers l'enclos des chevaux.

Saïd exécute aussitôt les ordres de son ami et, pour tromper Antaki, se met à gémir :

« Aïe ! Aïe ! Aïe ! Je viens de me faire piquer. J'ai mal, j'ai très mal. Laisse-moi m'asseoir, Tahir, et examine mon pied. Je suis certain que c'est très grave. Un serpent, ou un scorpion certainement. Il faut que tu m'emmènes chez un médecin. Bientôt, je ne pourrai plus marcher du tout. Quel malheur ! Juste quand nous allions rentrer à Bagdad. »

Et silencieusement, il songe :

« Mais que fait Tahir ? Je ne vais pas parler tout seul, comme un imbécile, pendant toute la journée. »

Puis, reprenant son jeu de scène :

« Aïe ! Tahir, ne me touche pas le talon. C'est une douleur insupportable. Va plutôt chercher de l'eau pour calmer la brûlure. Dépêche-toi, il y a un puits tout près d'ici. »

Enfin il entend le galop d'un cheval et une voix triomphante s'exclamer :

« À nous deux, Antaki ! »

Aussitôt la silhouette cachée derrière la tente se retourne et détale. Entre les murs de peaux de bêtes, à travers le village de tentes, passent au grand galop le cheval brun et le cheval noir.

Bientôt les deux cavaliers quittent le campement des pèlerins et chevauchent parmi les rochers désolés. Tahir, qui connaît par cœur les environs de sa ville natale, se rend vite compte que le grand cadi prend la direction de Médine.

« L'imbécile, se dit-il. Croit-il que je ne l'aurai pas rattrapé avant qu'il ait retrouvé ses complices ? »

Lorsque les feux du couchant rosissent les collines volcaniques, les deux ennemis galopent encore dans la plaine. Mais Tahir fatigue moins sa monture et commence à prendre de l'avance. Bientôt Antaki est à une encolure de cheval. Pourtant le combat est inégal car l'homme d'Antioche porte un sabre et Tahir, sortant du pèlerinage, n'a encore aucune arme sur lui. Une seule solution : s'emparer du sabre. Tahir décide alors de prendre tous les risques. Lorsqu'il se trouve à la hauteur de son adversaire, il tend brusquement sa main droite vers le pommeau du sabre qui sort de la ceinture d'Antaki. Puis, d'une forte secousse, il pousse son ennemi. Antaki perd l'équilibre, tandis que le sabre sort du fourreau, fermement tenu par Tahir. Aussi, dès que son ennemi roule sur le sol, il se précipite vers l'homme à terre et lui met la lame sur la gorge.

« Où se trouve le rubis ? » demande-t-il.

Antaki tire alors de son doigt une énorme bague d'or à l'intérieur de laquelle est caché le rubis pour Zobeida.

Tahir s'en empare aussitôt.

« Retourne-toi », ordonne-t-il.

Antaki se met sur le ventre. Tahir alors lui frappe la nuque avec le pommeau du glaive et jette l'homme évanoui en travers de Sarab. Puis, patiemment, longuement, il défait son turban, remet le rubis à l'intérieur, roule à nouveau le turban sur sa tête. Et, marchant lentement sous les étoiles qui, une à une, commencent à remplir le ciel, il songe avec allégresse qu'il peut dorénavant, sans honte ni déshonneur, retourner voir son père. Il lui rendra le rubis en main propre, afin qu'Omar, le joaillier, le Mecquois, en fasse lui-même présent à l'émir des Croyants.

« C'est plus prudent, pense-t-il. J'ai le mauvais œil, avec ce rubis. Et si ce n'est pas un voleur, ce sera un vautour qui viendra m'arracher mon turban. »

*

Une semaine plus tard, Saïd et Tahir marchent devant une escorte qui entoure une litière close où se trouve emprisonné le grand cadi. Ils marchent vers l'Irak.

« Tu es heureux, face de lune, de retourner à Bagdad ? »

Saïd éclate de joie.

« Je suis surtout heureux qu'Antaki soit prisonnier du calife. Maintenant, je n'ai plus rien à craindre. »

Puis il se tourne vers Tahir.

« Tu avais tort de te moquer de moi. Sans moi, tu aurais eu ta charmante tête tranchée.

— Grâce soit rendue à Allah tout-puissant », répond Tahir.

Saïd hoche la tête d'un air malicieux et conclut :

« Grâce soit aussi rendue à un petit garçon très intelligent, qui a sauvé la vie à un grand garçon sans cervelle. »

Épilogue

Quelques mois plus tard, Daoul est somptueuse-
ment installé dans un palais que lui a offert le calife.
Il a nommé le Persan chef des boissons, Malik chef
de son écurie, Pied-Bot chef de la maison d'Abda,
et installé sur sa terrasse un magnifique observatoire
pour le savant. De temps en temps, il invite Haroun
al-Rachid pour entendre chanter son épouse aux
yeux couleur de la sombre violette.

Said tient avec dignité l'étrier du calife. Comme
cette occupation lui laisse beaucoup de temps libre,
il est devenu le plus intelligent joueur d'échecs de
la ville de la paix.

Dos de Chameau répare les tapis au palais de Zobeida et voit chaque jour sa fille Constantine. Tous les matins, il fait deux cents prosternations pour rendre grâce à Allah de sa miséricorde, et son durillon sur le front ressemble à une grosse pièce d'or.

Tahir est le cavalier le plus populaire de Bagdad.

Ce soir-là, revenant avec Sarab d'une longue course au bord du Tigre, il retrouve, sur le pont central de la ville, Saïd et le poète aux boucles dorées. Une fois de plus, les trois amis regardent avec satisfaction le cadavre d'Antaki qui pend à un gibet autour duquel tournent les vautours.

« Je vais faire un poème sur Antaki, déclare Daoul.

— Sur ce traître ! s'exclame Saïd, que le seul nom d'Antaki fait encore trembler de peur.

— Afin que tout l'Islam sache le sort réservé aux ennemis du commandeur des Croyants », explique le poète.

Mais Saïd n'est pas convaincu.

« Tu devrais plutôt écrire sur Tahir, le meilleur cavalier de l'univers, suggère-t-il.

— Je ne suis pas le meilleur cavalier de l'univers, avoue Tahir avec regret. Ebad courait plus vite que moi.

— Ebad ! Qui est Ebad ? interroge Saïd.

— Un bédouin.

— Alors mon poème attendra », conclut Daoul en riant.

Tahir reste préoccupé.

« Je vais aller retrouver Ebad, finit-il par déclarer.

— Ta raison s'envole, remarque Daoul. Chercher un bédouin dans le désert, c'est chercher un poisson dans la mer, une étoile dans le ciel du jour, une femme dans les harems de Bagdad, une... »

Tahir interrompt le lyrisme de son ami :

« Tu oublies qu'il me reste un vœu à faire. »

Et avec son impatience habituelle, il s'exclame :

« Que le tourbillon m'emporte ! »

Saïd, éberlué, aperçoit une colonne d'air qui descend dans un bruit de tempête et entoure son compagnon. Une voix invisible, grinçante comme un chaudron, se fait entendre.

« Où veux-tu que je t'emmène ?

— En Arabie, près d'Ebad, de la tribu des Rabia. »

À nouveau, les sifflements reprennent, le tourbillon s'élève... Tahir et Sarab disparaissent dans les airs.

*

À l'heure où le soleil quitte la terre, le tourbillon dépose Tahir au beau milieu d'un désert de pierre. Sur une colline proche, bien visible pour venir en aide au voyageur égaré, se dresse une tente solitaire.

Tahir s'approche et découvre Ebad, en train d'entretenir ses armes.

« La paix sur toi, Ebad. »

Ebad se retourne et sourit joyeusement.

« Tahir, mon ami, tu n'es donc pas mort dans les dunes du Nafud ?

— Un génie m'a sauvé la vie. Mais toi, que fais-tu ici, tout seul ? Où sont les membres de ta tribu ? »

Ebad, sans vouloir montrer à un étranger sa tristesse, répond d'un ton tranquille :

« Les soldats du calife ont trouvé un soir notre campement. Ils ont fait prisonnière ma famille. Beaucoup ont réussi à s'enfuir... Mais tu dois avoir faim. Je vais tuer ma chamelle en ton honneur.

— Tuer ta chamelle ! s'exclame Tahir stupéfait. Mais comment feras-tu, sans lait, pour te nourrir ?

— Et toi, que fais-tu de l'honneur des Arabes ? s'écrie Ebad avec fierté. Crois-tu que le malheur puisse m'empêcher de respecter les lois de l'hospitalité ? »

Et sans attendre davantage, Ebad tire son couteau et frappe l'animal à la gorge.

Bientôt, sous le regard de son hôte, Tahir boit du lait et dévore les morceaux de chamelle grillés sur un feu de crottin séché. Lorsque le repas est terminé, Tahir demande :

« Que vas-tu faire maintenant ?

— Retrouver les autres membres de ma tribu. Les bédouins sont indestructibles dans le désert.

— Je suis venu pour faire la course avec toi.

— Je te l'avais promis, dit Ebad, avant que le cheik décide notre départ. Veux-tu la faire sous les étoiles ?

— Tout de suite », répond Tahir.

Les deux cavaliers montent sur leurs chevaux. Ebad regarde en souriant ce citadin qui prétend rivaliser avec lui.

« Qu'Allah te garde ! » dit-il.

Et il part au galop. Tahir le suit immédiatement. Mais Ebad est plus rapide qu'un faucon. Loin de rattraper le bédouin, Tahir s'en éloigne progressivement. Bientôt, dans le désert de pierre, il ne voit plus à l'horizon qu'un petit point blanc qui vole à la vitesse de l'éclair. Tahir, découragé, arrête sa monture devant cette impossible victoire. Non loin de lui se dressent les palmiers d'une oasis que quitte une caravane en direction de l'Irak.

« Retournons à Bagdad », dit-il à son cheval.

Puis il ajoute avec un léger dépit :

« Je ne suis pas le plus rapide cavalier de l'Islam. Tu ne m'en veux pas, Sarab ? Tu sais que pour chacun la ligne de la destinée est écrite et que personne n'y échappe. Mais qu'est-ce qu'un animal comme toi peut comprendre au destin ? »

Glossaire

ABBASSIDES : dynastie de califes arabes, fondée par Aboul-Abbas, en 750 après J.-C. Ils ont détrôné la dynastie des Omeyyades qui avait sa capitale à Damas, en Syrie. En 762, le deuxième calife abbasside, al-Mansour, créa la ville de Bagdad, en Irak, qui devint la capitale de l'empire.

ARGENT : les deux grandes monnaies sont le dinar d'or et le dirham d'argent. Un dinar vaut 22 dirhams. Les pièces de monnaie sont vérifiées par des peseurs avec des petites balances.

CALIFE : successeur du Prophète et chef de la Communauté musulmane.

CHIITES et SUNNITES : les chiites sont les partisans d'Ali, le gendre du Prophète. Pour cette raison, ils sont souvent appelés les alides. Ils considèrent que seuls les descendants d'Ali sont capables de bien diriger la Communauté musulmane. Les sunnites sont les partisans de la Sunna, ou « coutume du Prophète ». Cette « sunna » est constituée par les gestes et les paroles de Mahomet. Le calife est choisi parmi les plus capables pour conduire la Communauté des musulmans. Les sunnites privilégient les notions de tradition, de communauté et d'égalité de tous devant Allah. À l'heure actuelle, les chiites sont 80 millions dans le monde. Ils sont implantés massivement en Iran, et très largement en Irak. Quelques communautés se trouvent au Liban, en Afghanistan et en Inde. Les sunnites sont 720 millions.

HÉGIRE : (*al-hijra* : la migration.) Migration de Mahomet de La Mecque à Yahtrib, devenue Médine, la ville du Prophète. L'Hégire est devenu le point de départ d'un nouveau calendrier. Le 16 juillet 622 est le premier jour du premier mois de la première année de l'ère musulmane. L'année musulmane comprend 12 mois lunaires, c'est-à-dire 354 jours au lieu de 365. Chaque jour commence, non au lever du soleil, mais au coucher.

IMAM : le « guide », celui qui dirige la communauté musulmane. L'imam par excellence est le calife. Dans un deuxième sens, plus large, il s'applique à tout maître dont l'opinion fait autorité.

JIHAD : *al-jihad fi sabil Allah* : la lutte dans le chemin d'Allah, ou guerre sainte ou guerre légale.

MOSQUÉE : *masdjid* signifie le lieu de la prosternation. Le terme arabe *djami* est utilisé pour parler des grandes mosquées où se tiennent les prières solennelles du vendredi. Le mur *kibla* est le mur qui marque la direction de La Mecque. Il est reconnaissable à des alcôves, nommées *mirhab*. C'est devant le mur *kibla* que s'élève la chaire ou *minbar*.

TABLE

« Pour l'éditeur, le principe est d'utiliser des papiers composés de fibres natu-
relles, renouvelables, recyclables et fabriquées à partir de bois issus de forêts qui
adoptent un système d'aménagement durable. En outre, l'éditeur attend de ses
fournisseurs de papier qu'ils s'inscrivent dans une démarche de certification
environnementale reconnue. »

Composition JOUVE - 53100 Mayenne
N° 294943f
Imprimé en Espagne par BLACK PRINT CPI IBERICA
32.10.2599.2/07- ISBN : 978-2-01-322599-1
Loi n° 49-956 du 16 juillet 1949 sur les publications destinées à la jeunesse
Dépôt légal : août 2013